どうしようもなくさみしい夜に

千加野あい
Ai Chikano

新潮社

目次

装画　右近茜

どうしようもなくさみしい夜に

今はまだ言えない

先生の赤い口元が動いて、なにかを言ったのがわかった。だけど幾つも重なったアブラゼミの鳴き声がうるさくて聞き取れない。続く言葉をぼんやり待っていると、恐竜の玉子と書かれたアイスを放ってよこしてきた。その爪先は、テントウムシのように赤く艶やかだ。

「おっぱいアイス、六十円ね」

用意していた十円玉を六枚渡す。彼女はつまらなそうに肩を竦めてそれを受け取った。おっぱいと聞いて照れたり喜んだりの反応を期待していたのなら、男子高校生を舐め過ぎだよなぁ、と、重みのあるアイスを手でもんで溶かしながら思った。

「先生はなんで、教師辞めてこんなとこで駄菓子売ってるんですか」

「正確には文房具屋だけど」

「でも駄菓子も売ってる」

「薬局で食材を売ってるからって、スーパーなの？」

先生はレジ台に散乱しているガムの箱やら卓上扇風機やらゴム製のフィギュアやらを強引に端に寄せ、空けたスペースに重そうなガラス製の灰皿を置いた。

「ねえ、なんで。なんで、辞めたの」

そのままはぐらかされるような気がして重ねて訊ねる。彼女は面倒くさそうに「んー……」と首を傾げ、咥えた煙草に火をつけた。

「教師が向いてなかったからでしょうね」

「駄菓子屋の店番なら向いてる？」

「だから文房具屋だって」

赤い唇から、ため息と一緒にゆっくりと煙が吐き出された。あまりに丁寧に吐くから、先生は吸いたいからではなく、吐き出したくて煙草を吸っているんじゃないかと思う。

煙の行く先を追っていたら、シミだらけの天井が目に入った。低い天井だ。木造の店はボロボロで、大型トラックが前を通るたびに、ミシミシと揺れる。駄菓子も文房具もネットやコンビニで買える時代に、なぜわざわざ店を構えているのか。

「ねえ、そこのコーラとって」

「瓶のやつ？」

「缶の方」

冷蔵ショーケースから取り出したコーラを台に置いて渡す。先生は長い爪で器用にプルトップをあけ、律儀に小銭をレジに入れた。

「あなたは私の教え子だった？」

「違う、けど」

教え子ってなんだろう。担任であったこともないし、授業を受けたこともない。一度だけ期末テストの試験監督をしていた。接点といえばそれだけだが、たまたま廊下ですれ違った時に「性格に良いも悪いもないじゃない」と、隣を歩く女生徒に言っていて、文脈なんてもちろんわからないけど、呆れた声にのせられたその言葉を、たまに思い出す。

教え子ではない。けれど、先生になにかを教わった気はしている。

「先生は目立ってた。有名だった」

「噂の話？」

「それもだけど、違うけど、うまく言えない」

ふうん。喉を伸ばしてビールのようにコーラをあおる。汗でおくれ毛の張り付いた首筋がごくりと上下して、胸の深い谷間に一筋汗が流れていった。そういう色っぽさが目立っていたのだと言いかけて、やめた。

「ねえ、それで、なんで教師辞めたの」

「しつこいわね、知ってるでしょ。辞めたんじゃなくて、辞めさせられたの」

「あの噂は本当なの？」

先生がその昔、風俗嬢だったという噂が立ったのは、僕が中学一年の時。生徒ともヤッちゃっただとか、ヤッてまではいないだとか、教室は品のない話で持ち切りで、しかし不思議と、噂をする同級生の顔には、先生に対する恐怖も嫌悪感も見えなかった。ただのトレンドニュース。芸能人が女子高生に手を出した、そのニュースが流れた時も、同じように盛り上がった。

「そんなことが聞きたくて、わざわざこんなとこまで来たの？」

返す言葉を選んでいるうちに「まあ、いいけど」と、先生は本当にどうでもよさそうに、ため息のようなあくびをした。

「暗くなる前にもう帰りなさい。このあたり最近、不審者が出るから」

言われて店の入り口を振り返る。確かに日は沈み始めていた。大通りから外れたこの道は街灯も少なく、夜になるとぐっと暗くなる。大通りと脇道に時差がないなんてちょっと信じられないくらい、明るさに差があった。

聞きたいことも、話したいこともまだまだたくさんあるような気がするのだけど、なにも言葉は出てこなかった。肩を落として踵(きびす)を返した背に、「また」と小さな声がかかる。

「また、いつでも来なさい」

「いいの?」

「リピーターは大事だからね」

六十円のアイスにリピーターもなにも、と思ったが、口元は思わずほころんでいた。

店を出ると、まるで今一斉に鳴き出したかのように、蟬の鳴き声が降り注いだ。

ほどよく柔らかくなったアイスを歯で嚙みちぎる。中身が勢いよく喉奥を叩いた。バニラの甘みで口の中が満たされる。しぼんだゴムが手の中でべとべととまとわりついて、先生の言葉が蘇った。

——そんなことが聞きたくて、わざわざこんなとこまで来たの?

違う。本当に聞きたかったのは、なぜ教師を辞めて駄菓子屋になったのかではない。なぜ風俗店を辞めて、教師になったのか。三年も経って今さらそんなことが気になりだしたのは、母がデリヘル嬢を辞めて、専業主婦になろうとしているからだ。

「なっちゃん、あの……お母さん、結婚したい」

結婚する、という宣言でも、してもいい? というおうかがいでもない。ボロアパートの1

ＤＫ、ダイニングキッチンとは名ばかりの狭い一室で、母からその純粋な願いを告げられたのは、四か月前。その時僕は、一週間後に控えた高校の入学式のために、こたつに広げた教科書やらノートやらの持ち物に名前を書いていて、その急な告白に、夏希の、夏の字の最後の払いが不自然に揺れた。

「……苗字、なんていうの」

「え？　えっと、アイザワさん」

そう言いながら母は宙に「相」とさんずいまで書き、人差し指が止まった。難しくて書けないらしい。相澤だろうか。

「それさ、出席番号一番じゃん、絶対」

「え？　苗字変わると、出席番号も変わるの？」

零れそうなほど大きな瞳をさらに大きく丸くして、僕のどうでもいい不満に、どうでもいい反応を返してくる。まともに学校に通っていなかった母らしい問いだ。説明が面倒で、麦茶の入った青いコップに口をつけて、聞こえないふりをした。

「……なっちゃん、麦茶おかわりいる？」

自分の赤いコップに麦茶を注ぎながら、母が訊ねる。首を振ると、母は少し残念そうに頷いた。

「てかもっと早く言ってくれない？　これ、全部書き直しなんだけど」

「ごめんね……」

何に対しての謝罪だろう。書き直すことか、出席番号か、結婚そのものか。

母が必死に結婚相手のプロフィールを語っている間も、すでに書いてしまった宮崎（みやざき）という苗字を、二重線で消すか修正テープで消すかを悩んでいた。他に悩まなきゃいけないことがある気がしたが、まるでドラマのあらすじでも聞いているように、母の話は頭に入ってこない。

　時折聞こえる「隆（たかし）さん」が、母の夫になる人だろうということはわかる。けれど、母に夫ができることと、自分に父親ができることがどうにも結びつかない。そもそも僕は、父親という存在がよくわからない。

　父は僕が幼い頃に事故で亡くなった。と、聞かされている。だけどその時々によって、死んだ時の僕の歳は〇歳だったり三歳だったり、原因は病気だったり交通事故だったりした。母は自分で決めた設定もろくに覚えていられないほど、頭も要領も悪かった。

　迷った挙句、宮崎の苗字は二重線で消した。修正テープで上書きすることが躊躇（ためら）われたのは、宮崎夏希であった日々ごとなくなってしまう気がしたから。その隣に相澤夏希と書く。まるで別人がそこにいる。

「よかったよ、せめて入学式の前で」

「え？」

「いや、だから、結婚するの。在学中に苗字変わると、いろいろ面倒そうじゃん」

母はきょとんとした顔のままたっぷり時間をかけ、青い顔をして「ごめんー！」と叫んだ。その拍子にごんっと母の膝がこたつにぶつかり、赤と青のコップが驚いた様に跳ねた。

「あの、だってなっちゃんにちゃんと言ってからって、思ってたから、ごめんね」

「言い訳からはじめんなよ。なんて？」

「あの、結婚の時期はまだ決まってないの」

「また書き直しかよ！」

ごめんー！　と母が頭を下げる。何度も下げるから、ポニーテールがばさばさと前後に忙しなく動く。母の髪の毛はどんどん伸びて傷んでいく。最後に大きく振りかぶって土下座をした時、パサついた髪の先が、僕の膝にあたった。

名前を書き直している時点で察しろよな、という不満はある。あるのだけど、結婚したいとの母の言葉を、まるで決定事項のように先走って誤解したのは僕の方だ。

「……いいよ。何回でも書き直すよ」

「ごめんね」何度目かの謝罪に無言で返すと、母もそれ以上何も言わなかった。

宮崎を消して、相澤を消して、結局残った、どちらでもない夏希を指でなぞる。

結婚したい、と聞いて、なるほど、と思った。なるほど、その手があったな、と。学も身寄りもない、化粧映えする顔立ちと明るさだけが取り柄の女が、風俗を辞め、一人息子を養うためには、結婚以外にないのだろう。嫁ぎ先というより、稼ぎ先。これまで僕のために風俗嬢を続けてきた母が、今度は僕のために、妻になろうとしている。


「お前の母ちゃん、ちんこ咥えんのが仕事なんだろ？」

母の職業を意識させられたのは小学四年生の時。ゴールデンウィーク明け、翔くんが侮蔑のこもった目で黒板を示した。最も親しい友人から向けられた初めての敵意に、僕は困惑した。

彼が示した黒板には、写真と、Ａ４の紙が一枚ずつ貼ってあった。

目元こそ黒く塗りつぶされていたが、まぎれもなく母とわかった。三年ぶりに見た裸と、黒い茂みに見え隠れする顔、咥えた口元は微笑んでいるようにも見え、頭上のカメラに向かってピースをしている。

心臓がどくん、と大きく鳴った。写真から紙へ、無理やり視線を逸(そ)らす。逸らした先でまた、鼓動が大きく脈打った。Ｗｅｂサイトのプロフィールをプリントアウトしたもののようだった。キャスト、デリヘル嬢、フェラ——書かれた単語の意味も、母がしていることの意味も正しく理解できなかったけれど、読めば読むほど、胸を締めつけられるような息苦しさと吐き気を感じた。

そうして稼いだお金で生活できているのだと自覚したら、食事が、ランドセルが、自分の存在が、ひどく重く汚く感じられて、足元がぐらぐらと揺れた。

ばん！　と大きな音がして、我に返る。誰かがランドセルを黒板に投げつけた。僕だった。震える手でパーカーを脱ぎ、シャツをはいで捨てて、できることなら身体ごと投げ捨てたかった。半ズボンに手をかけた時、担任に腕をつかんで止められた。ほっとした。誰かが止めてくれるのを待っていたような気がした。

これは後で知った話なのだけど、どうやら翔くんの父親は、母の常連客だったらしい。そのことが原因で夫婦仲が悪くなったそうで、逆恨み(さかうら)ともまっとうな怒りとも思える矛先(ほこさき)が息子である僕に向くのは、当然の流れだと思えた。

翔くんはそれを、いつ、どのように知ったのだろう。自分の父と、友達の母がそういうことをしていたと知って、なにを感じたのだろう。

事件の翌日、僕が給食当番でよそったシチューを、誰も食べたがらなかった。そんなことが続いたある日、女性の担任に呼ばれて、もう当番はしなくていいと言われた。それを幸とも不幸とも思わなかったけれど、「夏希くんのせいで好きなシチューが気持ち悪くて食べられなくなった」と井上さんを泣かせた時は、心底申し訳ないと思った。申し訳なく思うということは僕が加害者なのだろうし、慰める義務があるような気がして、「せめて、胡麻和え的な副菜を盛ればよかったよね」と僕なりに取り繕ってみたけれど、井上さんは「そういうことじゃない」とさらに泣いてしまって、担任を困らせた。

母が呼び出されたのは、その次の日のことだ。

相変わらず派手な格好をして登場した母は、担任と、黒いスーツを着た男性（今思えば、教育委員会の人だろう）に教室へ通された。言いつけ通り教室の外で立っていると、中から「夏希くんのことを思ったら」とか、「かわいそう」とか、「ちゃんとした職に就くべき」とか、聞こえてきた。どんな感想を抱けばいいかわからなかった。そうだそうだ、とも、余計なお世話だとも思わなかった。ただ、それを聞いた母がどんな表情をしているかだけが、ずっと気になっていた。

しばらくして、ガラリと扉が開いた。教室からあふれ出た夕日が廊下を橙色に染め、出てきた母の表情を逆光で隠した。「アイス食べない？」という声は、普段となにも変わらない明るさをまとっていた。

帰り道、コンビニで買ったアイスを食べながら、手をつないで夕暮れの土手を歩いた。何度も振り払おうとしたけれど、母は決して離さなかった。離してしまえば、なにかを失ってしまうことを知っているような必死さがあった。僕は振りほどくことをあきらめ、右手に流れる荒川をぼんやりと眺めた。電車が鉄橋を渡る音が聞こえた。足元の蒼い小さな野草は、オオイヌノフグリ。犬のキンタマという意味だと教えてくれた翔くんの笑顔が浮かんで、浮かんだ笑顔ごと、蒼い花を踏みつけた。

足を動かしているのに、地面を踏みしめる感触がなくて、歩くことも、生きることも、すべて投げ出したくなる気分だった。

「おいしいねー……」

母は思い出したように言って、ソーダアイスの端をかじらずに咥えて舐めた。僕は「ちんこ咥えんのが仕事なんだろ?」という翔くんの言葉を思い出していた。

溶け出したソーダアイスが手をつたい、母が舌ですくう。じっと見つめていた僕の視線に気づいた母が、「食べる?」と目の前にアイスをかざした。夕日を浴びたアイスが親指を濡らしている。濡れた唇が、もう一度訊ねる。

「なっちゃん、食べる?」

「気持ち悪い!」

次の瞬間、つないでいた汗まみれの手を思い切り払った。あれほど頑なだった手は、あっさりと離れた。半分以上残っていたソーダアイスが母の手をすべり、ぼとりと地面に落ちた。

母はしばらく僕を見つめ、もう手を握ろうとはしなかった。ごめんね。掠れた謝罪に、我慢しきれなかった嗚咽が、ぐぅと漏れる。涙が込み上げてきて、それがこぼれる前に、固くて中身の出てこないおっぱいアイスを必死に吸った。母は汚い。

その息子である僕も、汚い。

後日、スーツ姿の男性は、母よりも若そうな女性を連れてアパートまでやってきた。外で遊ぶよう母に促され、アパートの階段に腰かけて時間をつぶしていると、強い西日が、スポットライトのように足元のテントウムシを照らした。指先ですくい、手の上を這わせる。どのくらいそうしていたか、ふと影が被さった。見上げた先にいたのは、母を訪ねてきた女性だった。

「お母さん、夏希くんのためにちゃんとした職に就けるようがんばってくれるって。よかったね」

よかったね。夏希くんのために。ちゃんとした職に。どれも素直に頷くことができなかった。柔らかな笑みを浮かべた彼女が、本当に僕のことを心配し、心底母の決断を喜んでいることはわかったが、だからこそ、どんな感想を抱けばいいかわからなくて、テントウムシの歩く右手を、乱暴に振った。

夕空に向かって飛んでいく姿を見たかった。けれどテントウムシは、翅の広げ方を忘れたように、指の股から転げ落ちていった。

「お母さん、がんばるよ！」

薄化粧のリクルート姿は、お笑い芸人がコントで女装しているような違和感の塊だったけれど、意気込む母はそれなりにまだ希望を抱いていたのだと思う。僕も期待していた。これでもう、母の職業について他人にとやかく言われることはないし、後ろめたく思うこともない、と。

だけど現実は甘くなかった。風俗で生計を立てた十五年間を、母が履歴書にどう書いたのかはわからない。正直には書けなかったと思う。その空白の十五年と、要領の悪さも相まって就職活動は難航した。スーパーのパート代で生活費をやりくりしていたが、時給八百円、次第に生活は困窮していき、猛暑も極寒もエアコンはつけられなかった。僕に祖父母はいない。父同様、物理的にいないのか、縁を切っていていないのかは知る由もないが、僕ら母子が頼れるあてはなかった。

生まれて初めてまともに三食を食べられないかもしれないという危機に直面したのは、僕が中学生になった春だ。何度も母にアルバイトの打診をしたのだけど、「勉強に集中して欲しい」とか「大変な思いをさせたくない」とか「心配するな」とか、とにかく親心なのだろうが、決して書類にサインをしてくれなかった。でも子ども心だって、わかって欲しい。

母はその頃、僕が寝たのを見計らってチラシの裏に家計簿をつけていた。その後決まって、財布から取り出したなにかを、まるで祈るように両手で握った。その祈りの正体がずっと気になっていて、母がシャワーを浴びている隙に、財布を覗いた。

そこにはチラシで折られた鶴がいた。開いたのは気まぐれでしかなかった。中に書かれていた英数字の羅列は単語として意味をなしていなかったが、サイトのアドレスだということはわかった。母の携帯で検索すると、闇サイトにつながった。母は臓器を売れる場所を探していた。

大量の蟻がもぞもぞと背筋を這っているような恐怖に、折り鶴から漂う不気味さに、手が震えた。震える手で、細かく折り鶴をちぎって、トイレに流した。馬鹿じゃねえの、馬鹿じゃねえのと繰り返しながら、そばにあったチラシを正方形に切って鶴を折った。

母は、なにを祈って鶴を折ったのだろう。なにに悲観した時、これを開くのだろう。臓器を失わなければならない人生は、穴の開いた体で生きた方がマシだと思わせてしまう母の明日は、どれほど不憫なのだろう。やりきれない思いに突き動かされ、ペンをとる。折ったばかりの鶴を開いて、そこに覚悟のつもりで書いた。

「風俗嬢の息子でいい」

その一か月後、母は再び夜に出かけるようになり、さらにその数日後、食卓に僕の好物の鶏の唐揚げが山盛りに置かれた。買いすぎちゃったー、とわざとらしく母が笑って、僕は口の中が空になる前に、次から次へと唐揚げを頬張った。

贔屓目（ひいきめ）に見ても母は、身体を売ったって簡単に稼げる容姿ではない。先生のような色気も美貌もスタイルもない。デリヘル嬢として雇ってもらえているだけ恵まれている。

僕の不自由のない生活は、風俗のおかげで保たれている。その事実を、唐揚げと一緒に飲み込んだ。

隆さんの存在を知ってから二週間が経った日曜、初めて彼に会った。母がしきりに「ふつうのひと」と言ったせいもあり、母と同年代か、四十代くらいのスーツが似合う、中肉中背の人を想像していたが、実際に会ってみると、白髪の目立つ頭部やしわの多い顔、枯れ木のような手足は七十前後の歳を思わせた。初顔合わせだからか、こげ茶色のジャケットを羽織っていて、想像していたふつうより、もっとずっとちゃんとしていて、母がそんな人と付き合えるわけがないと思っていたから、正直驚いた。

「夏希くん、はじめまして。相澤隆です」

間の置き方や抑揚（よくよう）に、品の良さがにじみ出ていて、子供相手にも丁寧な口調は、好感が持てた。

母との親子のような歳の差に驚きはしたものの、すぐに納得した。母と隆さんをつなぐものはきっと愛なんかじゃない。利害の一致。母は生活費を、隆さんは介護を。

「驚きますよね、こんなじじいで」

年上の人に敬語で話されるという経験は、この時が初めてだった。「いえ」とか「そんな」とか、続かない声を漏らして、その様子に「緊張してるー」と母が笑った。それは確かに僕に向けた言葉だったが、慌てたように「そ、そんなことないですよ」と手を振ったのは隆さんの方だった。

「どうかな？」と母が小声で訊いてきて、僕は「いいんじゃない」と頷いた。「スーパーのレジ打ちとか、どうかな？」そう昔に訊かれた時も、同じトーンで答えた。

この日は東京タワーの展望台に上った。人間が造ったなんて信じられない高さに慄（おのの）いていた僕の隣で、母は「うちのアパートはあの辺かな、あっちかな」とどんなに目を凝らしても見えるわけがない家を探してはしゃいでいた。

それから予約した夕食の時間まで、六本木ヒルズのショッピングエリアをあてもなく歩いていると、母はとつぜん、雑貨屋の前で立ち止まった。

視線の先にあったのは、テントウムシのイラストがぽつぽつとあしらわれたコップ。母はテントウムシが好きだった。益虫であることや、幸運のジンクスがあることなど、珍しくまともなうんちくを、小学生の頃の僕に言って聞かせた。

「気にいったなら買いましょう」と隆さんが言い、「でもこれ、一種類しかないから」と母が首を振る。隆さんは不思議そうに首を捻ったけれど、僕は母の言わんとすることがわかっていた。土手を歩いた日。僕が母を気持ち悪いと言ったあの日から、色違いで揃えられない食器を、母は選ばない。

「買えばいいじゃん」

ぱっとこちらを向いた目が、驚きと期待に揺れていた。妙な期待が膨らむ前に、早口に続ける。

「一個で、いいじゃん。俺、いらないし」

期待のこもった目に、失望の色が浮かぶ。うつむいて、「いやだよ」と呟く。

「なんで?」

「なんか……いやなんだよ、せめて」

言いかけて飲み込んだ。せめてお揃いがいいんだよ。母が言わなかったはずの言葉が、四か月経った今でも、耳について離れない。

「ねえ、これ、変じゃない?」

洗面所に立って歯を磨いていると、母が鏡越しに聞いてきた。ポニーテールにするつもりなのか、両手で髪の毛を高く押さえている。念入りに口をゆすいでから「……髪はおろした方がいいんじゃない?」と言ってみた。コーディネートとしてのアドバイスではない。ヘアセットに要する時間が惜しいからだ。

「違うよぅ、服だよ、ワンピース。変じゃない？」

「今それ、訊くの？」

携帯で時間を確認して、ため息をつく。

ばさばさのマスカラやアイメイクは控えめで、普段より一まわり小さく見える瞳。服装の派手さも影を潜め、ベージュのワンピースに身を包んだ、年相応の三十代の女性がそこにいる。

「そりゃ、俺から見たら変だって。常連客ならいつも通りがいいって言うかもしれないし、ショップの店員さんならお似合いですねって言うんじゃない」

「隆さんが見たら？」

「かわいいって、言うんじゃない」

「そうかな、どうかな」

「そんなことより、時間」

隆さんと待ち合わせた十七時まで、一時間半を切っている。待ち合わせた東京駅までは、そろそろ家を出ないと間に合わない。隆さんと会うのはこれが三度目。今日は僕の誕生日で、都内のレストランでお祝いをしてくれるらしかった。

「うん、うん、もう終わる、一分」

狭い洗面所でくるくると右を向いたり左を向いたり、その度に枝毛だらけのポニーテールが揺れる。見慣れないナチュラルメイク。ワンピース。隆さん好みの恰好なのだろうか。それとも、隆さんにふさわしい恰好を、母が選んだのだろうか。

「俺、先に駅行ってる。切符買っておく」

「ええっ！　じゃあお母さんのも！　チャージして欲しい、中身からっぽ」

「いくら？」

「千円」

往復するには足りないんじゃないか、とは思ったけど口にはしなかった。「Suica どこ」と訊ね、洗面所を出る。

「財布のなかぁ、財布ごと持ってってっていいよ！」

「んー」と気のない返事をして、念のため本当に入っているのか中身を確認する。小銭に交じって見えたのは、お守りのようにしまわれた折り鶴。

くたくたになった鶴。こいつは本当に母を守ってくれたのだろうか。手遅れではなかったか。そんな不安を無理やり押し込み、「Suica！　ないけど！」と洗面所に向かって叫んだ。

「あっ、じゃあ小銭入れの方だー」

のんびりとした母の声に続いて、今さら歯を磨く音が聞こえてきた。


落ちる、と思った時にはすでに、床に打ち付けられたフォークが甲高い音を立てていた。慌てて拾いながら、「え、あ、はい。地震ですか？」とうわの空で繰り返す。地面が揺れたわけではない。「お母さんは大きな地震にも気づかないほど、深く眠っていて」という隆さんの言葉に、ただ、動揺していた。

すぐにウェイトレスが持ってきてくれた新しいフォークを受け取り、急に味気なくなったガトーショコラを口に運ぶ。

「はい。え、地震のあった夜ですか？　半年前の？　あ……一緒だったんですね」

自分がなにに動揺したのか、すぐにはわからなかった。ただ見てはいけないものを見たような、気づいてはいけないことに気づいてしまったような、あいまいな不安が胸の内に広がり、思えばこの不安は、居心地の悪いフレンチレストランに入店した時から存在していた。

初めて隆さんと東京タワーで会った日。あの日は懐石料理で、僕の隣に座った母は沈黙にならないようひとり張り切ってしゃべっていて、一口食べるたびにおいしいとうるさかった。次に会った中華料理店は円卓。テーブルをまわして取り分けることを知らなかった母は（僕もだけど）、手前の青菜炒めをせかせかと僕や隆さんに取り分けた。

三度目の今日、母は自然と隆さんの隣に座った。それが母の意志ではなくウェイトレスが椅子を引いて案内したからだと理解していても、僕は当然のように僕の隣に母が座るものだと思っていて、そうならなかったことと、それをショックに思っていることの両方に苛立っていた。対面に座る二人を盗み見る。テーブル越しの二人が遠い。母が笑い、隆さんが微笑む。ふと、この二人はいつから交際していたのかと思う。母の耳元に揺れる赤い石のピアスは、いつからつけていたものだったろう。

お母さんは大きな地震にも気づかないほど、深く眠っていて。

隆さんの言葉を反芻する。

震度五の地震が起きた半年前の深夜、ゆらゆらと揺れる地面に、僕は浅い眠りから飛び起きた。動悸が治まらなかった。死ぬかもしれないという恐怖よりも、傍にいない母になにかあったらと思うと居ても立ってもいられなくなった。その夜も、仕事と言って母は家を出ていた。

震える指で「地震大丈夫？」とメールを送り返事を待った。その翌朝に「えー！　地震気づかなかった、なっちゃんこそ平気？」と返信が来るまで、生きた心地がしなかった。

あの夜も母と隆さんがセックスをしていたのかと考えると、腹立たしく、むなしかった。不安に押しつぶされそうなほど心細かったあの夜に、僕が一人で、母が一人じゃなかったことが、僕が母のことを考えている時間に、母が僕のことを考えていなかったことが、ただ無性に——。

結局、僕は母のことをなに一つ理解していなかったのだと思う。わかったふりをして、目をそらしていた。隆さんのために何度も髪型をチェックする浮かれた母から。結婚したいと頬を赤く染めた母から。すっかり出遅れてしまった青春を、どうにか取り戻そうとしている、少女のような、母から。

教科書。ノート。何度も書き消した苗字。一生、相澤夏希にはなれないような、だけど宮崎夏希には二度と戻れないような、誰にもなれないような、焦り、が——。

——いいけど。

結婚したいと言う母に僕は言った。僕は結婚の意味を、もっと言えば、母に僕以外の大切なものができるということを理解していなかった。もうずいぶん前から、僕の知らない時間が、二人の間に存在していたのだ。利害の一致。母は生活費を。隆さんは介護を。二人の間に愛などあるわけがないと、僕は、思いたかった。

それから、なにを話したかは覚えていない。隆さんが「お誕生日おめでとうございます」と、白い封筒を差し出してきた。何がおめでたいのだろうと思いながら封を開けると、中には皺のない一万円札が入っていた。

「い、いらないです、こんな大金、いらない」

「そう言わずに」

「一万円なんて、どうしていいかわからないです」

僕の中に、折り鶴を開いた時に似た不安が渦巻いていた。受け取ってしまうことで、自分がなにかを、例えば母との関係を放棄してしまうような、たった一万円で母を売ろうとしているような、そんな気持ちの悪さだ。

「でもなっちゃんが欲しいものわからないし……」

それまで黙っていた母が、申し訳なさそうにつぶやく。

「そんなもの、ない。ずっとない」

欲しいものがわからないなんて今さらだ。母はいつだって僕の欲しいものをくれない。母から目をそらした瞬間、懐かしい記憶がよみがえった。

食材の野草採取に夢中になって、暗くなるまで帰らなかった夜。たまたま早くに帰って来た母が血相を変えて神社裏にいる僕を探し当て、叱った。抱きしめようと広げた手を中途半端に止め、「夏希がいなくなったらお母さん生きていけない」と泣きそうな目をして叱った。

母はあの時の言葉を覚えているのだろうか。母はもう、僕がいなくなっても生きていけるのではないか。胸の中がすっと冷めていく。いい加減、親離れしなければ。

「ショッピングセンターまだ開いてるから。欲しいもの、探してみる。二人は、ゆっくりしてて。なんなら母さん今日、帰ってこなくて大丈夫だよ」

母のいないアパートに帰る気にもなれず、足が向かったのは、先生のいる駄菓子屋だった。十九時、暗がりに目を凝らせば、店の二階のベランダに人影が見えた。柵に頬杖をつき、キャミソール姿の誰かが、煙草をふかしている。ゆるく手を振られ、それが先生とわかった。

「暑いね。ギョーズイしようよ」

それが行水のことだとわかったのは、一度部屋の奥に引っ込んだ先生が、しなびたビニールプールやら空気ポンプを抱えて再び戻って来てからだった。アパートの階段を下りるカンカンとした音が妙に懐かしく響く。僕はいつも明け方に、この音を布団に包まって聞いていた。母が仕事から帰ってきた合図。心待ちにしていた音。

そんなことを思い出している間に、先生は道路の真ん中にビニールプールを広げ始めた。

「ここで？」

「大丈夫よ。ここ夜は、車の通りほとんどないから」

「人は通るよ」

「一緒にどうですかって」

「怒られるよ」

「怒られればいいじゃない」

先生は意にも介さず、空気ポンプを踏み始めた。黄色いポンプが、ぷひゅーと頼りない音を立てながら、つぶれたり起き上がったりを繰り返す。ずいぶん時間がかかりそうだけど、先生は手伝ってとは言わないし、僕も手伝うとは言わなかった。

それから、空気をたっぷり含んだプールに水が溜まるまで、先生は口を開かず、僕が店に来た理由を訊ねようともしなかった。僕は、彼女の口ずさむ鼻歌と、とぽとぽ静かに流れる水の音を聞きながら、ただぼんやり、街灯に群がる蛾を眺めていた。

やがて水を入れ終わった先生は、折り畳みの椅子と缶コーラを二つ持って戻り、「ごちそうしてあげる」とそのうちの一つを僕にくれた。

「……どうも」

「どういたしまして。足入れたら？　気持ちいいよ」

気持ちよさそうに足を泳がせる。足の爪はやはりテントウムシのようにあざやかで、水の中でゆらゆらと揺れる素足から目を離せず、僕はまた、母を思い出していた。

母の職業を知ってから、母の浸かった後の湯を気持ち悪く思うようになった。母の身体に誰かの唾液や精液がついているのではないかと思ったら、鳥肌が立った。それからというもの、母が僕より先にお風呂に入ることはなくなった。

先生の隣に腰かけて、両足を入れる。足の甲が水の抵抗を受けて、夢の中を歩いているような、不思議な感覚だった。向かい合うと話せないことも、こうして横に並んでいると話せる気がして、「先生は」と口を開く。

「先生をする前は、風俗で働いてたんでしょ」

「プライバシーっていつの時代の言葉なのかしらね」

「俺の母さんも、そうなんだけど」

先生がこちらを向く気配が伝わったが、僕は街灯に照らされた水面をじっと見つめていた。先生と目を合わせてしまったら、せっかく話し出そうとした勇気が折れてしまう気がした。

それが原因で友達を失ったこと。母が風俗を辞めたこと。折り鶴を折ったこと。しかしまた、生活のために戻ったこと。先生は一度も口を挟まず、時折煙草をつけるライターの音だけが響いた。すべて話し終わった頃、足元の灰皿には吸い殻の山ができていた。

ふっと顔をあげて、駄菓子屋を振り返る。古い、ボロボロの店だ。

「駄菓子も、文房具も、ネットとかコンビニで買える時代に、わざわざこんなボロボロのお店で、儲けなんて、あるの？」

ないよね、と久しぶりに先生の顔を見る。組んだ膝に頬杖をついていた先生は、「うん？」と首を傾げた。

「駄菓子と文房具の他に、先生はここで何を売ってるの？」

「……ネットで買えないもの」

眠たげに細められた目。微笑んだのだとわかったら、目を離せなくなった。

「それ、俺も欲しい」

声が上擦って掠れた。ポケットに添えていた手に、力がこもる。行き場のない一万円札が中でくしゃりと鳴った。縋るように先生の肩を摑む。随分ひさしぶりに触れた人肌の表面は汗でひんやりとしていた。

こちらを見る先生が、なにかを言いたそうにしているのはわかったけれど、僕はわざと目が合わないようにうつむいた。しばらく黙っていた先生は、一度大きく息を吐いて立ち上がった。

「立って」と背中を押される。

とつぜん、先生はビニールプールを思い切りひっくり返した。まるで、目の前に群がる蚊を追い払うような、振り払うような力強さに、勢いよく弾けた水しぶきが、街灯に照らされガラス屑のようにきらきら光った。

玄関横のキッチン、和室がついた1DKは、僕のアパートの間取りによく似ていた。鼻の奥まで沁み込むような畳の匂いと、煙草の匂い。換気扇は回転のバランスがおかしいのか、時折ガタガタと大きな音を立てている。後ろ手に天井を仰ぐと、吊られた蛍光灯の中で、虫の死骸が三匹ほど影になって見えた。

ちゃぶ台には採点用紙が広がっていた。通信講座だろうか。問題を見ると、どうやら中学生向けらしい。何度も消しては書き直したような痕跡が残っていて、間違っているのだが、手書きの花丸が添えられていた。

「ねえ、この花丸おかしくない？」

「なにが？」

「たいへんよくがんばりました、って。たいへんよくできました、でしょ？」

「そうだっけ？　……あ、梨あるわよ。好き？」

訊いておきながら、先生は僕の返事を待たず、ステンレス製の狭い流しの角に、まな板を斜めにのせた。包丁に伸ばしかけた腕を慌てて摑む。

「いい、いらないよ。俺、梨食いに来たわけじゃないよ」

「でもまだお風呂も沸いてないし」

やんわりと拒む先生を強引に引っ張って、敷きっぱなしだったうすい布団に押し倒す。作法なんて、わからない。僕の下で仰向けになった先生が、目を細め、口を開く。なにかを発せられる前に「教えてよ。教えてくれるんでしょ」と強く言うと、小さな吐息だけ漏らしてなにも言わずに閉じた。

なにが知りたいのだろう。わからない。けれど、思えば僕はずっと、先生に教えてもらいたかったのではないか。廊下ですれ違った、あの時から。

「お母さんのこと、気持ち悪いって言ってたけど」

「え？」

「私は平気なの？」

伸ばされた手が、試すように頰をなで、首筋をなでる。わからない。頼りない声が零れる。僕の声だ。

誕生日を迎える度に思い出すことがある。ソーダアイスを持つ母の手を振り払った感触。そこらじゅうに広がる食器の破片。母の悲鳴のような泣き声。

「なっちゃん！　ねえ、ねえなっちゃんってば！　お母さんがやるから、全部捨てるから、お願い、危ないからもうやめて……ねえなっちゃん！」

夕暮れの土手を歩いた日の夜、僕は、家じゅうの食器を割った。母の使ったコップや皿や箸から、見たこともない男たちの顔が浮かんでくるようで、その痕跡を消すのに必死だった。気持ち悪い、気持ち悪いと繰り返しながら、淡々と割った。

僕が寝室に閉じこもると、すすり泣く声とカチャカチャという音が響いた。閉じたふすまの隙間から見えた背中が、小刻みに震えていた。声を押し殺して泣きながら、母は食器の欠片一つ一つをゆっくり手に取り、何かを思い出すように時間をかけ、捨てるというよりも、しまうような丁寧さで、袋に破片を入れていた。その愚かさと惨めさに苛立って、僕は勢いよくふすまを開けた。

母の肩がびくりと跳ねた。母が振り返る前に「だ、だったら！」と続く言葉もわからないままに叫んでいた。

「だったらさあ！　最初から俺なんか産まないでよ！」

その言葉の残酷さがわからない歳ではなかったけれど、「だったら」の中に、自分がどんな意味を込めていたのかも、母がどう受け取ったのかもわからなかった。まともに育てられないなら。身体を売るくらいなら。こんな思いを僕にさせるくらいなら。泣いて過ごすくらいなら。

母は最後まで振り返らなかった。まるで重力に耐えきれなくなったように、ゆっくり体が傾いて、額が床についた。なにかをこらえるようにも、声にならない謝罪をしているようにも見えた。

誕生日を迎えるたびに思い出す。「俺なんか産まなければ」という自分の言葉と、丸まった母の背中。あの頃僕は、母を傷つけたかった。自分が傷ついた分だけ、母が傷つく言葉を探していた。

あの日から僕は母と同じ食器を使わなくなった。母より後に湯船に浸かることも、手料理を食べることも、肌に触れることも、抱きしめてもらうこともなくなった。自ら突き放したはずなのに、無性に恋しくなる夜もあった。

「あっついわね」

その声に我に返る。身体を支えていた腕が疲れ、手元のリモコンで扇風機をつける先生の隣に転がった。頭上を通りこしたぬるい風が、足首をなでる。

扇風機の首を下に傾けようと、先生は仰向けのままぐっと身体をのばした。キャミソールからのぞく白い鎖骨に、虫刺されがある。その赤がやけに鮮やかで、思わず手がのびた。なでた指先に少し汗ばんだ肌が吸いつく。人肌だ。しばらくなでていると、かゆい、と手をとられ、横になったまま向き合うような格好になった。

いくぶん下向きになった風に、前髪があおられ視界をふさぐ。その髪をかき上げるように先生の指先がこめかみから差し込まれた。そのまま頭をなでる、その指先があまりに心地よいから、「俺、なんか最近、ちゃんとできなくて」と、壊れた蛇口から水滴がもれるように、言うまいとしていた気持ちがぽたりぽたりと流れ出ていく。

「小学生の時はすごい反抗期で……それこそ、母さんの仕事のことでいろいろあった当時とか、ひどいこと言ったし、親不孝だったけど、でも中学生になってからはそれなりに、ちゃんと息子してたつもりで……つもりだったんだけど」

母が喜ぶから勉強はがんばった。家のことも手伝えるようになった。母が傷つくような本音は丸ごと飲み込めるようになったし、風俗の仕事のことを気にしていないようにふるまえるようにもなった。子どもの頃傷つけてしまった分だけ、母の前ではそれなりに、取り繕えるよう努力をしたつもりだ。

「でも最近、いい息子、ちゃんとできない」

伝わっているだろうか。探るように間を置くと、先生は「うん」と頷いた。

「結婚も、風俗辞めるのも、いいことだと思う。喜んであげなきゃってわかってるし、幸せになってほしい気持ちはあるんだけど、でも同じくらい、結婚、失敗してほしいって気持ちもあって、それが態度とか、言葉とかに出そうで……でももしそれで結婚やめるとか、言い出したら、俺……」

続く言葉が出てこない。垂れ流すだけの言葉は支離滅裂で、一度喉につまると、なにを言おうとしているのか見失ってしまう。そんな僕のこんがらがった気持ちを解（ほど）くように、それまで静かに相槌を打っていた先生が「もやもやするのは結婚すること？　風俗を辞めること？」と言った。

「どっちでもない、と思う」

「じゃあ、幸せになること？」

一瞬、なにを聞かれているのかわからなかった。とっさに「え？」と聞き返したが、その後ですぐに思い至って動揺する。そんなわけない。けれど飛び起きた勢いで湧き上がってきたのは、「だって」と、自覚すらなかった思いだった。

「だって、結婚して、風俗辞めて、やっと幸せになれるなら、じゃあ今までは、って。今まではやっぱり、幸せじゃなかったのか、って」

「どうしてそう思うの？」

「だって……風俗ってそういう仕事じゃん」

起き上がった先生の怪訝な表情に、はっと我に返る。とっさに謝りかけた僕の口をふさぐように、先生は「いいから、続けて」と自分の口元に人差し指をあてた。

赤いつややかな爪。初めて見た時、テントウムシに似ていると思った。そういえば、アパートの階段で、母が誰かと再就職の話をしている間、一緒にいてくれたテントウムシは結局どうしたんだっけ。僕に「よかったね」と言った女性は結局誰で、僕を「かわいそう」と言った男性は、どこへ消えたんだっけ。あの時、母が風俗を辞めることを僕がうれしく思ったのは、幸せになることを期待していたからなのだろうか。じゃあ、それまでは？

「公衆便所みたいなもんだ、って……言われたことがある」

生理的に無理と言われたことがある。ヤクザな商売でしょ、と、無理矢理されるんでしょ、と言われたことがある。汚い、気持ち悪いと——そうして耳に入ったことで作られた風俗のイメージはそのままフィルターとなり、それを通して見る母はいつも、顔のない男に無理やり組み敷かれて泣いていた。まるで物のように手荒く扱っても許される存在。みんなから見下される存在。僕がそうされたように、疎まれ、後ろ指をさされる、そういう仕事だ。そんな扱いを受けていた日々が幸せだったとは——思いたくても、思えない。

たどたどしい僕の話を聞き終えた先生は、少しだけ驚いたようにまばたきをした後、「そう」と頷いた。それから少し間を置いて「役割って、あるじゃない」と静かに言う。

「風俗の役割？」

「いえそうじゃなくて……会社なら上司とか部下とか、家なら父親とか夫とか、息子もそうね。みんな、なにかしらの役割があるじゃない、どこにいても、誰といても。それがあればここにいていいんだって安心できるけど、たまに重すぎて、疲れるでしょ」

最近、いい息子、ちゃんとできない——自分の言葉がよみがえり、目を伏せる。

扇風機がカラカラと変な音を鳴らす。羽根のパーツがおかしいのか、動きがぎこちない。それでも無理にまわろうとする羽根を見つめながら「重くたって、捨てらんないじゃん」と思わずつぶやいた。

「疲れたって、ちゃんとしないと、そこにいられないじゃん」

「そうなんだけど、とはいえね。そんなの続けてたらいつか壊れちゃうから」

「たまには息抜きしないと」そう言って、先生は扇風機の電源を切った。

「なんの役割もいらない場所で、利害のまったくない匿名の関係だったら、家庭にも職場にも持ち込めない本音とか、まぁ、性癖とか、素直に吐き出せるじゃない。そういう時に……来てたんだろうなと、思うのよ」

「ん?」

どこに、とは、聞かなくてもわかった。だから代わりに「なんで?」と訊ねる。

「なんでそんな話、俺にするの?」

「あなたが向き合おうとしてたから」

「向き合う?」

なにと? 聞きかけて、口をつぐむ。

折り鶴を折った夜。風俗のことは僕なりに、折り合いをつけたつもりだった。でも心の奥底には割り切れない感情がくすぶっていて、ふとした瞬間に熱を持つ。性教育の授業を受けた時。強姦(ごうかん)のニュースが流れた時。「職業に貴賤(きせん)はない」と誰かが言った時。きっかけはあまりに些細で頻繁で、そのたびに、決して受け入れたわけではなく、目をつむって考えないようにしているだけなのだと思わされる。けれどいざ考えようとすると、僕が思い描く「風俗」は外野の言葉ばかりで、肝心の母の気持ちがどこにもない。かといって直接母に訊けるわけもなく、そうして自覚しながらも逃げ続けていたことに、僕は今、ようやく——。

「母さんは誰かに……必要とされてたのかな」

「そうじゃなきゃ、そんな長い間現役でいられないわよ」

なんてことないように先生は言う。「え？」と聞き返すと、「意外？」と首を傾げた。

「風俗って、誰でも稼げる仕事じゃないわよ。若くてかわいい子なんて山ほどいるから。お母さんの年齢で二人分の生活費稼ぐなんてよっぽど……」

ふと言葉を切り、先生はやわらかく微笑んで僕を見た。胸の奥が温かいもので満たされるような、やさしいまなざしだった。先生がなにを言おうとしているのかなんてわからない。けれどその笑みだけでもう、目頭がじんと熱を持った。

「よっぽど、たくさんのお客さんに愛されてたのね」

うん。うん、うん。声に出すと嗚咽に変わりそうで、何度も無言で頷いた。

押し出されるように滲んだ涙をまばたきで隠すと、まぶたの裏に毎週ドラマを楽しみに待つ母が浮かんだ。中学生になり、話題を探さないと会話らしい会話もできなくなった頃だ。「絶対この人犯人！」と恋愛ドラマに向かって犯人探しをする母がおかしくて、たいしておもしろくもない幼馴染三人組の恋路を、僕も欠かさず見るようになった。

毎週、「ほらはじまるよ！　チューペット！」と五分前にテレビの前に待機する母。凍らせて半分に折ったチューペットを差し出した時の、うれしそうな顔。どうして今、そんな、なんてことない光景が浮かぶのか。

そのドラマの続編が来年放送されるらしい。そのことを教えると、母は「続き気になってたの！」とおおげさに喜んだ。あの頃僕が楽しみにしていたのは、ドラマの続きではなかった。

でも、そうか。二人きりの暮らしは、もう終わるんだ。

込みあげる嗚咽を隠そうと息を大きく吸ったのに、「幸せだったのかな？」と口にした途端、涙があふれて止まらなくなった。もうずっと、長いこと我慢していたような涙だった。折り鶴を折った、あの夜から、ずっと。

「幸せだったのかな……母さん、そう、思ってくれてたのかな……」

喉にひっかかってうまく声にならない。出来損ないの言葉ばかりが掠れた声にのり、嗚咽に変わる。

「そうだといいわね」

おだやかな声が聞こえる。聞いてくれる人がいる。今まで自問自答するしかなかった問いを、飲み込むしかなかった想いを、受け止めてくれる人がいる。その安心感に、こわばっていた身体や心がじわじわと溶けていくようだった。

顔をあげる。いつのまにか先生は、キャミソールも、下着も、すべて脱いでいた。

「おいで」

先生が両腕を広げた。ふっくらとしたお腹。汗ばんで引っ掻いた胸の赤み。締めつけられたブラジャーの跡。もたれるようにやわらかな胸に顔をうずめると、先生の鼓動が聞こえた。

その時ふと、涙で頬を濡らす翔くんのお父さんに微笑みかける母が浮かんだ。想像の中の母は一糸まとわず、彼に微笑みかけ、頬をなで、抱きしめている。それは、先生が僕にしてくれたことだった。母はテントウムシが好きだった。触れるだけで誰かを幸せにする存在に、憧れていた。

「ねえ、本当はあるんじゃないの。他に、買いたいもの」

やさしい声が言う。考えるでもなく、ぼんやり浮かんだのは、一種類しかないテントウムシのカップ。母の欲しがった、共有の食器。

背中にまわされた先生の指先が、とんとん、とやさしくリズムをとる。その心地よい振動に押し出されるように、これまで何度も浮かんでは振り払ってきた母への思いがあふれだした。

ごめん。ごめんなさい。食器を割った夜、ひどいことを言ってごめん。風俗の仕事を受け入れられなくてごめん。結婚を喜べなくてごめん。母さんがもう僕のために生きることをやめたように思えて、さみしいんだ、僕は——。

どのごめんも、今はまだ、言えない。だけどいつかの誕生日には、産んで、育ててくれてありがとうと、テントウムシのカップを三つ買って、いつか、ちゃんと。

おっぱいアイス。先生は乳房を持ち上げて笑った。手をつないで歩いた夕暮れの土手。オレンジに染まった母の横顔。踏みつけたオオイヌノフグリ。

あの時吸えなかったおっぱいアイスの味がした。

雪解け

こんなことするために生まれてきたんだっけ、とか。

なんのために生きてるんだっけ、とか。私って一生このままなのかな、とか、なんか、そういうことを。なぜ今考えるのか、今だから考えるのか、わからない。

頰張った時には柔らかかった感触が、口の中で次第に固く膨張していくにつれ、そんな、考えても仕方ないことばかりが浮かぶ。含んだまま裏筋を舌で撫でると、後藤さんはくすぐったそうに身をよじった。太い指がぎこちなく私の髪をなでる。上目遣いに微笑むと、口の中の性器がまた一層固くなった。ももちゃん。泣き出しそうな顔をして私の源氏名を呼びながら、別の誰かの面影を探すように、瞳の奥がゆらゆらと揺れている。

四十代後半だという年齢にふさわしい、だらしなくたるんだお腹。その中心に深く沈んだおへそ。周りに群がる毛。後退した生え際。なにひとつ、興味はない。でも、やたらと黒光りしている小粒な目は魅力的だった。泣き出しそうなほど潤んだ小さな黒い瞳が、泣きはらした後のような瞼に埋まっている。それが絶頂を迎えた時にかっと見開いて、また静かにたるんだ瞼に埋まっていく。浮かぼうとしては沈んでいく。なにかに溺れているような、抗うような物悲しさは、嫌いじゃない。

「ふぐぅ……」

息が抜けるように後藤さんが喘いだ。今思い切りかみ切ったら、この人死んじゃうんだよな。

これだけ膨張していたら、すごい勢いで口の中に血が溢れるのだろう。精液で満たされること以上に耐え難いことではあるけど、彼の命を私が握っている状況というのは悪くない。お客さんであるはずの彼が、デリヘル嬢である私よりもよっぽど弱い立場にあるように思える。

それにしても暑い。ポニーテールにまとめた髪がだんだんと崩れ、後れ毛が汗の浮いた首筋に束になって張りつく。カーディガンの袖を限界まで捲る。脱ぎたい。額に浮いた汗が流れて、目に入った。

「チエミ、っ、もう」

チエミ。彼がその名で私を呼ぶ、それが合図だった。性器を口から出すと、タイミングを見計らったように、勢いよくセーラー服のスカートに向かって射精する。いくら汚れても構わない。この制服は後藤さんの私物で、彼自身が汚したいと言っているのだから。

大の字になってベッドに沈む耳元に、「ごとーさん、いっぱい出たね」と囁くと、後藤さんはすまなそうに眉をハの字にした。

初恋の人に似ている、という理由で後藤さんが私を初めて指名したのは、一年ほど前。中学の同級生だったチエミという女子を、妻子ある身となった今も忘れられないのだと言う。

大人になったチエミはきっと、ももちゃんみたいなんだろうね。

私を見て目を細めた彼はその後、彼女が好きだったというタピオカミルクティーと、フリマアプリで買ったというセーラー服を持って、月に一度、ラブホテルへ私を呼ぶようになった。服のサイズは小柄な私にぴったりだったが、いくら童顔を売りにしているとはいえ、アラサーにはつらい。もう制服を着るのは今日が最後だな。姿見に映る自分に向けてそう言った学生時代の私は、二十七にもなっていまだ制服を着ている私に、なにを思うだろう。

夏には半そでを、冬にはカーディガンを。髪型はポニーテールで。スカートの丈を折って短くできる？　回を増すごとに要求はエスカレートしていったが、どれも些細で咎めるほどのことでもない。ただ、ずいぶん徹底的にやる人だなあ、と思った。

せっかくだから呼び方も合わせましょうか。実際の呼ばれ方でも、呼ばれたい呼び方でも。そう提案すると彼はじっくり考えた後、「後藤さんでいいです」と眉を下げて頷いた。

「でも、できれば、少し伸ばしてほしいです」

「ごとーさん？」

首をかしげて問うと、「そう」と短く、申し訳なさそうに頷いた。


「やっぱりお風呂上がりはタピオカミルクティーだよねー」

必要以上に微笑んで言うと、後藤さんはパッと目をそらした。ドリンクのストローを出したり引っ込めたりして、「それはよかったです」とぼそぼそ言う。その耳が赤い。最中は熱のこもった視線を送ってくるくせに、会話をする時は全然目を合わせてくれない。制服を脱ぎ、髪を下ろした今の私は、彼にとってチエミとは別人らしく、途端に他人行儀になる。いや、もともと他人なのだけど。

裸のままベッドの背にもたれ、一枚の毛布を二人でぐるぐる巻きにして、後藤さんが差し入れてくれるタピオカミルクティーを飲む。それがすっかり恒例になった。最初こそ後藤さんは、デート気分を味わいたいのか、ピロートークの最中も制服を着て欲しそうにしていたけど、さすがにぶっかけられた制服をシャワーの後にまた着たくはない。やんわり拒否を示すと、それ以上しつこくは要求してこなかった。

「も、ももちゃんは、なんでこの仕事してるのですか？」

底に残ったタピオカをずこずこと吸いながら、間を持て余した後藤さんが無遠慮に聞いてきた。急に気分が沈み、思わず漏れたため息が、ミルクティーの底でぼこりと泡になる。

「まあ、お金だねー。みんなそうなんじゃない？」

後藤さんが、お金が必要な理由を聞きたがっているのも、その理由に不幸を期待しているのもわかっている。奨学金を返済しなきゃいけないとか、生い立ちが複雑とか、実家が借金しているとかヤクザに売られてとか。身内や自分の不幸のために健気に頑張る姿を求めているのだろう。もちろん中にはそういう子もいる。でも私は違う。

旅行資金の七万。最初はそれだけが欲しかった。わずか数万の一時金のために風俗デビューする子は少なくない。二重にプチ整形したいとか、彼氏や自分に高級なものを与えたいとか、なんか、そういうの。

「あ、そうだよね、言いにくいこと訊いて申し訳ないです。前に複雑そうなこと言ってた気がして、気になって」

言ったかもしれない。新規のお客さんには、リピーターになってもらうために、ことさら沈んだ声で、「家庭の事情で……」と濁すこともある。勝手に勘違いして、都合の良いストーリーを描いてくれればそれでよかった。そのことに罪悪感を抱かない程度には、私の言葉も心も体も商品化されている。

気の弱い後藤さんは言わないけど、中には「似合わないから辞めなよ」という男性もいる。この思考回路がよくわからない。こういう仕事をやってなさそうな清純派を気取った私に興奮したくて指名するんじゃないのか。

風俗嬢をしていそうな外見のイメージとは、一般的にどういう人のことを言うのだろう。髪をきれいに巻いて、ブランドものに身を包んだ女性だろうか。それとも脱色して毛先がばさばさな髪の毛の子か。芋くさいメイクをした、貧乏そうな子か。確かに私は、そのどれでもない。肩まである髪の毛は黒いストレートだし、メイクも薄い方。清純派と言えば聞こえはいいけど、まあ、どこにでもいる女だ。特別美人ではないことも自覚している。

「そうだ、今日は私からもプレゼントがあるんだった」

サイドテーブルの引き出しに隠しておいたピンクの包みを取り出す。

「バレンタイン、一週間遅れちゃったけど。誰にでもあげてるわけじゃないからね？」

自分で用意したチョコを渡すのは、後藤さんのように何度も指名してくれる人にだけ。フリーや新規の客には店から支給されるチロルチョコを渡している。

「うれしいな」と小さくつぶやいて、後藤さんはたった五百円のチョコレートを、大事そうになでた。猫の顎をなでるような、やさしい仕草だった。

「バレンタインのチョコなんて、もらったのいつぶりだろう。娘が小学校低学年の時はまだくれてたんだけど……六年ぶりかな」

大きく厚みのある手が、私の頭を包むように置かれる。

「ありがとう」

たまに後藤さんはこうして、思い出したように私を子ども扱いする。こういう時、この人には父親の顔もあるんだよなあ、と思う。目じりの下がった穏やかな表情は、いつもの後藤さんのどの表情とも違っていて、制服を着て渡してあげればよかったと柄にもないことを思う。後藤さんが本当に欲しいのは、私からのチョコレートではないのだろうから。

たった七万の旅行資金。それを求めて風俗嬢になったのは、二十歳の時。その時私は大学生で、ヘルスとソープの違いもわかっていなかった。

「そうだ、京都に行こう」

電車のドアにもたれた泉(いずみ)が、突然そんなことを言い出した。じっと窓上の広告を見ているものだから、JRのキャッチコピーに感化されたのかと思ったけれど、貼られていたのは脱毛サロンの広告だった。直前までこれから始まる就職活動の話をしていたはずなのに。「どんな連想ゲームよ」と井野(いの)ちゃんがスマホをいじりながら笑う。

「京都ねぇ、行くなら今だよねえ。紅葉〜。私はネコカフェの店長とかになりたいなあ。それで猫好きのイケメンサラリーマンと恋に落ちて出産したい」

井野ちゃんは器用に、旅行と就職活動の話を平行して続けようとする。え、出産の前に結婚は？　と私がつっこむより早く、現実逃避を決め込んだらしい泉が就活の話題にはもう触れず、「じゃあ再来週の三連休に行こう」と勝手に決めた。

「こういうことで、ね」

泉が得意げに見せてきたスマホの画面には、【京都旅行♪】と登録されたスケジュールが表示されていた。それに対して井野ちゃんは「にゃーん」とイエスでもノーでもない返事をしながら、Twitterで流れてきたらしい、段ボールにはまった猫の画像を見せてくる。

この二人、会話できているのだろうか。そんな心境を見透かしたように「三人部屋って少なそうだよねぇ」なんて、井野ちゃんが行くことを前提にのんびり言うから驚いた。旅行するとかしないとかって、三十秒で決まるものなんだっけ。

私は一言も言葉を発せなかった。考えてから口にするまでに一拍置くような私には、矢継ぎ早に繰り出される二人の会話にとても追いつけない。相槌を考えているうちに話が終わってしまうのが常で、二人のように想いのままに発言ができたらどんなに生きやすいだろうと思う。

ボーイッシュで男女ともに人気がある泉と、女子の「かわいい」を全部詰め込んだみたいな井野ちゃん。二人とも大学で知り合った友人であり、付き合いは二年くらい。それでも、人の目を気にせず、常に堂々としている二人の隣に自分がいる、というのは慣れない。というか不釣り合いな気がしてならない。いつも会話に置いてきぼりになる私を二人は、知的でクール、と称してくれるが、ただ頭の回転が速い二人の会話についていけないだけだ。

「げ、高い。新幹線学割使っても、二泊分の宿泊代合わせたら五万はかかるかな」

「シーズンだしねぇ。現地のお小遣い、プラス二万は欲しいね」

七万を再来週までに、というのは、私としては非現実的な話だ。親からの仕送りは生活ができるぎりぎりの金額で、ファミレスのアルバイト代はすべて二人との交際費に消えている。

とはいえ、自分だけがいない旅行で、どんな会話がなされるのかを想像すると不安で仕方なかった。京都の清水寺で抹茶のソフトクリームなんかを食べながら「ほんと空気読めないよね」と言い合っている姿を想像してしまう。

わかってる。泉も井野ちゃんもそんな子じゃない。すべては私の、自己肯定感の低さが問題なのだ。

「さっき隣に立ってたおっさん、ワイシャツの汗ジミヤバくなかった?」

「ねー。襟のとこ茶色くて、首輪かと思ったよー」

瞬(まばた)きをしている間に、二人の話題はもう変わっていた。二人の会話に気をとられていた私には、周囲を見渡す余裕なんてなかった。目も耳も脳も、倍ずつあるとしか思えない。いや、そんなことより、七万だ。どうしよう。

そうして追い詰められた私が、「高収入　アルバイト　即金」と検索した結果、風俗業界に流れ着くのは、自然すぎるほど自然なことだった。

もし私に、泉や井野ちゃんのような自信があれば、風俗嬢にはなっていなかったのではと思うことがある。正直に「お金がないから」と言えれば、三人で無理なく行けるプランや日程に調整してくれたのではないか。「じゃあ二人で行ってくるね」とは、きっとならなかった。好かれることよりも嫌われないことばかりを気にしてしまうのは、昔からの私の性格だ。

生い立ちについては語るほど特別なことはないが、父には好かれていなかった。というか、たぶん、嫌われていた。きっかけも理由もわからない。三つ下の弟が小学三年生になり、野球クラブに入ってから、私への関心のなさが露骨になった。それまでがやさしい父だっただけに、その変容は当時の私をとまどわせた。弟が成長するにつれ、弟と詰めた距離の分、私との距離は自然に開いていった。

嫌われたのなら仕方ない。親子だからって愛し合わなきゃならないということもない。問題は、理由がわからないこと。どんな理由でもいい。顔でもいい。性格でもいい。なんでもいいから、納得したい。それがわからないから、私はずっと、私に対して自信が持てない。

部屋に残った後藤さんに見送られホテルを出ると、冷たく透き通った空気が肌を刺激した。防寒兼、身バレ防止用のマスクで顔の半分を覆う。まだ雪かきの間に合っていない道路を、少し歩幅の大きい先人の足跡を跳ぶように辿って、待ち合わせ場所へ急ぐ。やがて、舗装された道路が見えてきた。

細身の男がワゴンにもたれてスマートフォンをいじっていた。スーツの上にモッズコートを羽織っている。行きに送ってくれたドライバーの田代(たしろ)くんではない。黒に見えたコートの色が、チャコールグレーだとわかる位置まで近づいても、私に気づく様子がない。スマホの操作に集中しているのかと思ったが、彼の意識は足元のなにかに向いているようだった。

そのなにかがおにぎりサイズの雪だるまだとわかった頃、ようやく、彼が顔を上げた。目が合うと、ほんの少し顔をほころばせる。微笑んだつもりだったのかもしれない。そんな省エネな笑い方をするな。なんとなく苛立った気分のまま、雪だるまを顎で示す。

「潰しちゃえば？」

「過激ですね、結衣(ゆい)さん」

お疲れ様です。店長の労(ねぎら)いの言葉が白くなって夜空に上っていく。その様子を眺めていると、

「寒いでしょ」と後部座席のドアを開けてくれた。昨日降った雪の名残が、足元でざりり、と鳴る。結衣さん。本名で呼ぶなんて、店長くらいだ。

「店長が送迎とか、事務所空けて大丈夫なの？　田代くんは？」

「居眠り運転になりそうなので事務所で電話番です」

常時三十人ほどが在籍しているキャストに対して、スタッフは五人。それだけの人数をこの、二十七歳という若い店長が管理している。私はここに来るまでに四店舗を経験しているけれど、最長で半年しか続かなかった。退店理由はキャスト同士の派閥争いだったり、お客さんの質の悪さだったり、様々ある。今の店にはそういった不満が一つもない。在籍してはや二年と半年。その居心地の良さは彼の人柄によるものが大きい……と、わかっているのだけど、私はこの店長が苦手だ。

「今だけ僕で我慢してください」

「もしかして私が店長のこと苦手なの、バレてる？」

「半信半疑でしたけど、今確信に変わりましたよ」

店長は特に傷ついた様子もなく笑った。

「ドリンクホルダーにあるやつ、どうぞ。飲むホッカイロ」

シートベルトをしながら振り返って彼が指さした先には、ココアが置いてあった。あいにくタピオカミルクティーがまだおなかの中で波打っている。ありがたくただのホッカイロとして使わせてもらう。手袋を外して両手で持つと、じんわりとした熱が指先を溶かした。

「指名、入ってないよね？」

「ええ……すみません。どうします？　自宅待機にしましょうか」

「フリーもいない？」

　ちらりとスマートフォンを見やり、「いまのところ、はい」と店長は申し訳なさそうに頷いた。シフト上あと一時間半は出勤だけど、この様子だと今日は、後藤さんが最後かもしれない。

「じゃ、家」とため息をつく。

「すみません。ではこれ、今日の分です」

「あ、うん」

　前を見たまま店長が差し出してきた茶封筒を、手を伸ばして受け取る。引き換えに、その手に後藤さんからもらった一万円を置いた。

　最初の頃は、茶封筒を受け取る度に、自分の一部を売ってしまったような後ろめたさや罪悪感があった。今はない。かといって仕事に対する誇りもない。やりがいもない。なにもない。

　実働五時間で三万八千円。それが高いのか安いのかよくわからない。生理だなんだで月の出勤はだいたい十二、三日ほどで、月収にすると約五十万。そこから保険やらをがっつり引かれて、すぐダメになるおしゃれな下着や常連さんへのプレゼントを自腹で買う。やっぱり、高いのか安いのかよくわからない。

　店長にもらったココアを胸に抱いて座席に転がる。沈んだ気分のまま、写メ日記を開いた。新規のお客さんはこの写メ日記を見てから指名する子を決める。店の盛りまくった宣材写真だけではわからない、日常を垣間見ることができるのが魅力の一つなのだろう。

【タイトル：タピオカのおにいさま

いつもありがとうございます！　タピオカおいしかったぁ。さすが、ももの好みばっちりだよね～。もしかして前世はもものだんなさまですか？　またはやく会いたいな♪】

手早く打って、プレイ直前に後藤さんが撮影してくれた写真を、モザイク加工してアップする。セーラー服をまとったアラサー女が、頰にタピオカミルクティーをあて、口をすぼませ、上目遣いに笑っている。誰だこれ。いや、私だけど。

そのまま「Twitter」を開いて、出勤前に投稿したツイートを確認する。データフォルダにある中から適当にアップした下着姿の写真の下に、「いいね」が十二件ついていた。ため息をついて、スマホをバッグに投げ入れる。

写メ日記にも「Twitter」にも、本当のことなんてひとつも書かれていない。名前、出身地、生年月日、趣味。全部身バレ防止のための嘘。「次のネイルなに色にするか悩むー。アドバイス求む！」そんなこと悩んでない。本当の悩みなんて、どこにも書けないし、誰にも話せない。私はいつまで業界にしがみついていられるんだろう、なんて。

業界に入る前は、いくらでも稼げると思っていた。けれど実際に入ってみると、モデルみたいにかわいくて若い子は山ほどいて、その競争は激しかった。よく風俗は働き先のない女性のセーフティネットなんて言われるけど、その網目は意外と粗く、もれてしまう人も多いし、一度はその網に掬われても、いつかはふるい落とされてしまう。

「私だって、いつかは……」

つい独り言がもれ、慌てて口をつぐむ。聞こえているはずなのに、店長はなにも言わなかった。その気まずさに耐えかねて「ねえ店長、さっきの雪だるま。なんで見てたの」と声をかける。

「え？　ああ……誰が作ったのかなと思ってました」

「子供じゃないの」

「にしては、場所が場所なので」

「じゃあ、ラブホ帰りのバカップルとか」

「バカップルは二つ作ると思うんですよね」

対向車のヘッドライトが真っ暗な車内を数瞬照らす。バックミラー越しに目が合った彼は、少し微笑んでいた。

「でも、だってあんなところで……それが男でも、女でも、なんか」

言いかけて気づく。だから店長は気になっていたのか。あんな、狭くて、暗くて、大して雪も積もっていないようなところで、わざわざ。作ろうと思って選ぶ場所ではない。誰かやなにかを待っている人が、暇つぶしに作ったという方が納得できる。でも、だとしたら、ラブホテルの前でつぶす暇とは、いったいなんなのだろう。

なにも言っていないのに、店長は「そうですね」と小さく頷いた。

「昔作ったよ、私も」

「雪だるまですか？」

「そう。実家の庭で、素手で」

「すごいな」

だって手袋してるとうまく作れない、と返そうとしたら、「庭ですか」と彼は続けた。そっちか。会話を続けるつもりはなかったのに、「ごくふつーの庭だけど」と、勝手に口から言葉が続いた。

「一度だけ。うち、弟と両親と四人家族なんだけど、みんな自分の分を作った」

「いいですね」

「べつに……いい思い出ではないけど」

それは、父と二人きりの時間を過ごした最後の思い出であり、同時に、私たちの間に決定的な亀裂が入った出来事でもある。そうだ、素手で雪だるまを作ったのは私ではなく、父だった。

中学二年生の時の塾帰り。前日の深夜から降っていた雪が、庭先を白く染めた。ガレージに停めてあった車の屋根には、泥にまみれていない真っ白な雪が五センチほど積もっていて、弟が乱暴に雪をかき集めたらしく、小さな手が蛇行したアリの巣のような跡が残っていた。

縁側の横にはすでに、二体の雪だるまが作られていた。母と弟だろう。大きくいびつなものと、小ぶりで不敵な笑みを浮かべているものとが並んでいる。

湿気まじりの雪を少量すくうと、分厚い手袋の上ですぐに溶けた。その様子を眺めていたら、私も作ろうかな、という気分になった。制服の上にコートを着たまま、しゃがみこんで手のひらサイズの雪の塊を転がしていると、背後に誰かの気配がした。肩越しに振り返る。会社帰りの父が、睨みつけるような表情をして私を見下ろしていた。「おかえり」短く言うと、ああ、とか、うん、とか、ぼそぼそと返事が返ってくる。

「雪だるまか」

「うん。パパも作る?」

珍しく声をかけてきたものだから、ダメ元で誘ってみた。しかし父は気まずそうな表情をして「ああ、じゃあ、夕飯食べてから」と言った。

「あっそ」

そっけなく返したのは、せめてもの意地だった。どうせ断られると思っていたし。だけどもしここに弟がいたら、父はその輪に加わったのだろう。そう思うと、勇気を振り絞って誘った自分が惨めに思えた。

「そんなに私のこと嫌い？」

そんな言葉が涙とともにこぼれた。足元に落ちた熱いしずくが雪を溶かし、一滴分の穴を作る。父の返事はなかった。私の前を黙って横切り、雪に覆われた革靴が、大きな足跡を残す。すぐに縁側に腰掛けた気配が伝わってきて、今度はまた違う種類の涙がこぼれた。見られないように、顔の半分をマフラーで隠す。父は少し離れたところで雪だるまを作っているらしかった。

「学校は……楽しいか」

「ふつう」

「寒くないのか。そんな、スカート短くて」

「寒いに決まってんじゃん。でもそういうことじゃないんだよ、女子っていうのは」

「そうか……気をつけろよ。変な奴、いるから」

よかった、まだ私は、父に心配してもらえる。それだけで、胸が締めつけられるほどうれしかった。

父はそれ以上なにも言わなかった。私も黙っていた。静寂の中、一度も目を合わせることもなく、黙々と作業をした。雪は音を吸収する。いつも以上に音をなくしていた中で、二人分の雪を削る音だけが、静かに響いていた。

出来上がって顔を上げると、月あかりを浴びた粉雪が、ガラス屑のように闇に光っていた。きらきらと小さな光が必死に向かってきては、頬や瞼に触れて溶ける。きれいだ。そのことを父に伝えたいと思った。完成した雪だるまを弟のものの隣に置いて振り返って、息をのむ。

「パパ、手、真っ赤だよ」

父は、今気がついた、というように手元を見て驚くと、「ああ」と息だけで返事をした。必要以上に力のこもった指先がぎゅっと雪玉を握っている。開けないのか開かないのか、父の指先は動かない。

「ああ、じゃないよ。しもやけになっちゃうよ」

握りこんでいたせいか、余計に赤くなっていた。温めなきゃ、と思ったのは本能だった。手袋を外して、父の手を取る。冷たさを感じたのは、一瞬だけだった。遅れて、振り払われたのだと気づく。

冷たく固い指先が、頬を掠った。振り払った父が、振り払われた私よりも傷ついたような、怯えたような顔をしていた。

「汚い、触るな」

静かな声には、確かな嫌悪が滲んでいた。

なぜこれほどまでに嫌われているのだろう。私が一体なにをしたというのか。いくら考えてもわからない。父も教えてくれない。

聞きたいことも、言いたいこともあった。でも口を開けば嗚咽に変わりそうで、唇を噛んで堪えた。代わりに、力の限り乱暴に玄関のドアを閉めた。その音の大きさで、今抱いている感情のどれか一つでも伝わればいいと思った。悲しいんじゃない。悔しいんだ。何度も自分に言い聞かせ、枕に顔を押しつけて泣いた。

泣きつかれた私が眠りにつくまで、玄関が開く音は聞こえなかった。翌朝、父が帰ってこなかったことを母から聞いた。

庭には、四体の雪だるまがいた。朝日を浴びて、きらきらと反射している。私の雪だるまに寄り添うようにして、一まわり小さな雪だるまが置かれていた。一番大きくあるはずの父の雪だるまは、誰のものよりも小さく、草や泥を含んで汚れていた。指で触れると、すごく固かった。なにを込めたらこんなに固くなるのか。

庇から雪解けの滴りが流れ落ち、ちょうど雪だるまの目のあたりに落ちた。父が泣いているように見えた。

それから父の広島転勤が決まるまでの四年間、事務的な会話すらしなくなった。本人は単身赴任をするつもりだったようだが、母と弟はついていった。大学への進学が決まっていた私だけが東京に残った。

「結衣さん、着きましたよ」

店長の声で我に返る。カチカチと、ハザードの音が車内に響いていた。「ごめん、ありがとう」とため息にのせて言う。

慌てて起き上がった拍子に、胸に置いていたココアがころころと助手席の下に転がった。しゃがんで腕を伸ばす。すると「あの」と控えめな声が頭上から降ってきた。

「結衣さん、もし、この仕事……」

続く言葉が見つからないのか、躊躇っているのかがわからない。慰めようとしてくれているのだろうか。だとしたら、よりにもよって、こんな地面に頭をこすりつけているような姿勢の時に、言わないで欲しい。ココアを諦め、大きくため息をついて体を起こす。

「なに？　店、辞めろって？」

「え？　いえ、そうではないけど……結衣さんが辞めたがっているように見えたので」

「辞めたい？　私が？」

彼の目に、私はそう映っていたのだろうか。それは図星のようにも、まったく見当違いのことを言われているようにも感じる。

「もしそうなんだとしたら」

「おつかれさまでした！」

店長がなにかを言い終える前に外に出る。苛立ちにまかせて、思い切りドアを閉めた。

店長は他に誰かがいる時、決して私を本名では呼ばない。身バレを恐れていることに気づいているのだろう。だったら源氏名で統一すればいい。それをしないということは、店長は見抜いているのかもしれない。隠れて生きているくせに、本当の自分を誰かに見つけてもらいたいなんて、私のわがままで矛盾した感情を。

私はいつまでこの仕事をするのだろう。これから先、歳を重ねるごとに指名は減るし、体力も衰えて、一日の出勤時間は短くなる。稼ぎも減る。そうなるまでに引退しなきゃと思うけれど、その焦りはいつも、「じゃあどこへ？」とさらなる焦りを生む。空白だらけの職務経歴書で、誰が雇ってくれるというのだろう。運良く一般企業に就職できたとして、果たして順応できるのだろうか。一度は逃げ出した、昼の世界に。

新卒で入社したのは、通販専門の化粧品メーカーだった。従業員数四十名と、事業規模としてはさほど大きくはないが、毎年順調に業績を伸ばしていて、将来性は十分にある——というのはむしろ入社後に知ったことで、エントリーした理由には、学生時代の風俗嬢としての経験が関係していた。

風俗の仕事はとにかく肌が乾燥する。なにせ、一回のプレイで事前と事後、二回シャワーを浴びるのだ。それが×客数になるわけだから、冬でも夏でも全身の保湿が重要になる。そうしてボディクリームを探していた時に、そのメーカーを知った。最終面接で、そのクリームに日頃どれだけ世話になっているかを熱弁しているうちに、三十代の若い事業責任者に気に入られ、「君、おもしろいね」なんて、少女漫画でしかお目にかかれないと思っていたセリフを頂戴し、気がついたら入社していた。

初任給をもらった時は、朝から晩まで毎日働いてたったこれだけか、と思わなくはなかったけれど、それなりに充実した日々を送っていた。「一日に六回以上シャワーを浴びる人におすすめ！」というキャッチコピーをつければ今以上に売れるんじゃないか、なんてことを想像して、一人で浮かれてもいた。

その出来事は、新年会の席で起きた。入社から二年、ちょうど、仕事に対するやりがいを抱き始めた頃だ。

開始からずっとそわそわしていた男性社員が、わずかな話題の切れ間に「ここだけの話」と切り出した。彼がさっと見せてきたスマホには、別部署の、男性人気の高い女性社員が写っていた。写メ日記の写真だ、と、直感的にわかって、にわかに体温があがった。

写真の女性社員とは、一度も会話をしたことがない。ただ、同類かもしれない、と勝手に親近感を抱いていた先輩だった。同業者にしかわからない空気感、としか言いようのないものを全身にまとっていた彼女は、夜の世界で見てきた多くの誰かに似ていた。

「これ……」努めて冷静に発した声が、わずかに震える。

「彼女……顔隠してなかったんですか？」

「いやあのね。スタンプで目元隠したって、今時消せるアプリ、あるから」

ていうか、ぼかしてても見る人が見れば一発だって。得意げに話す彼の声が、どんどん遠ざかる。

世間は私が思っていた以上に、ずっと、ずっと、狭い。私は心のどこかで、夜の世界と昼の世界はぜんぜん別ものだと思っていた。そうではなかった。住む世界は違っても、それらは確かにつながっているのだ。

彼はその写真をものの数秒で出してきた。あらかじめデータフォルダに保存していたのだろう。誰かに見せる、それだけのために。遠くの席から、「なにそれ、送って！」という声が聞こえた。女性の声だった。送ってもらった写真を、彼女はどうするつもりなのか。

あー、あの子やっぱりそういう仕事してたんだ。雰囲気あるもんねー。女はいいよな、いざとなったら体を売れば金になるんだから。やめなよ、何か事情があるかもしれないし。風俗だって必要な仕事であることに変わりはないんだよ。性犯罪の抑止になってるって話もあるし――中には理解すら示そうとする人もいる。それが余計に居心地悪かった。好奇や同情や哀れみ、そんな視線を向けられるくらいなら、いっそ悪意の方がマシだ。悪意なら耐性がある。

風俗嬢に「なぜ」はない。自殺しても「やっぱり」。事件を起こしても「やっぱり」。不祥事を起こしたとしても、一般の人のように「なぜあの人が?」とはならないし、理由は「風俗なんて仕事をしてるから」で完結してしまう。Twitterを始めとしたネット空間でやりとりされる感情には、少なからず明確な悪意や嫌悪がある。だから不快だったし、腹も立った。

けれどここにはそれらがない。不快ではない。怒りもない。ただ恐ろしい。彼らにとってそれはただ、酒の肴でしかない。

二年間一緒に過ごしてきた。困った時には助けてくれた。私にとって、この人たちはいい人たちだ。世間で問題になるようなパワハラもセクハラもない。恵まれている、そう評されるような輪の中に、私はいたはずだった。彼らは良識のある大人で、その写真をネタに本人を強請(ゆす)る気も、つまはじきにするつもりもない。本人を前にすればなに食わぬ顔をして、大人の対応をする。

その健全さが、怖くて仕方ない。ここだけの話があちこちでされ、彼女の写真はきっといろんな場所を泳ぐのだろう。でも、その飲みの席にも、フロアの中にも、メッセージグループの中にも、悪い人なんて、いない。いるのはただ、ふつうの人だ。

予兆なく訪れる地震のように、安定していたはずの足元が、急にぐらぐらと揺れ始めた。ここは私の居場所ではない。こんな不安定な場所には立っていられない。いつ身バレをするかわからない、そんな恐怖に怯えて暮らすくらいなら、いっそこの環境ごと、すべての関係を断ってしまった方が楽だ。過去も未来も問われない「今」だけがすべての夜の世界で、一過性の付き合いをしていた方が楽だ。夜の世界は確かに生きにくいけれど、昼の世界よりもよっぽど息がしやすい。

ほどなくして、身バレした先輩は会社を辞めた。身バレする前に、私も辞めた。

――結衣さんが辞めたがっているように見えたので。

店長の言葉が、ずぶずぶと胸に入り込んで、奥底にしまい込んだ感情を刺激する。

昼職に戻りたい。だけどあんなにも無自覚な偏見にまみれた場所で、堂々と生きられるほど強くない。だって知ってしまった。揺るがないと信じていた足元の不安定さを。それまで積み上げてきたはずの実績や信頼という、未来につながるはずだったものが、過去によって一瞬で崩れ落ちてしまうことを。

隣のテーブル席には、お冷(ひや)が三つ並んでいた。なのに、席には一人しかいない。女子大生だろうか。あか抜けないメイクや、その割に立派にまかれた髪は、多少の背伸びが見えて、学生時代の私にどこか似ている。

私たちが一時間前に入店した時、すでにいた彼女は、ずっと、スマホをいじりながら、何も頼まずに一人でいた。すでにグラスの結露さえ乾き出している。

「結衣は相変わらずボディクリームの会社？」

「あ、うん」

泉に声をかけられ、意識が完全にそれていたことに気づいた。慌てて視線を二人に戻す。

泉の言葉に曖昧に頷いて、掘り下げられないうちに「井野ちゃん、専業主婦だよね」と話題を変えた。井野ちゃんはネコカフェの店長になる前に、学生時代から付き合っていた彼と結婚して出産した。「人生計画通りじゃん」と続ける泉に、井野ちゃんは「ちょろかったわ〜」と冗談交じりに応える。本当は全然ちょろくないのだろうことは、学生時代にはなかった目元の隈や、染め直していない髪の根本を見ればわかる。

「でも主婦って、ちょっと負い目あるんだよねえ。なんか、泉や結衣みたいにばりばり働いてる人と話してるとさあ。なんか、偉いなあって」

「それ言ったら、私だって母親してるの偉いって思うよ。それって、いっぱい揃えるからフォークよりスプーンの方が偉いって言ってるのと同じじゃん？」

「お〜深いねえ」

泉がなんだか深そうなことを言って、井野ちゃんが適当に相槌を打つ。その様子に私が笑って頷く。それは学生時代となにも変わらない関係のように見えるけど、明らかに当時とは違う空気が流れていた。主婦にしろ、企業勤めにしろ、二人は躊躇いなく身分を明かせるのだ。もし風俗嬢であることを告白したら、私はなにを失うのだろう。というか、失うほど、なにか持っているのだろうか。

二人が必死になにかをしゃべっている。旦那の愚痴や、仕事の愚痴。愚痴、なんてものは、誰かと深くつき合わない限り出てこない。それが今の二人が直面している一番の悩みで、語りたいことなのだろう。でもそれって、例えば旦那の愚痴は主婦仲間と、仕事の愚痴は同僚と話した方がずっと楽しいのではないだろうか。

きっとこの二人にはここ以外にも複数のコミュニティーがあって、そこにはたくさんの友人がいる。だけど私には、泉と井野ちゃんしかいない。その数少ない友人にすら、こうして身分を偽っている。

風俗嬢になってまで守りたかった友情って、こんな形をしていたんだっけ。もう、めんどくさいな。もう、いいかな。でも二人との関係を断ったら、結衣って名前、誰が呼んでくれるんだろう。本名、もういらなくなっちゃうな。

隣の席の女の子は、三つのお冷を残していつの間にかいなくなっていた。いつか、電車で首輪のような汗ジミに興味を示した時のように、二人のどちらかが話題に挙げるような気がしていた。二人はなにも言わなかった。

泉と井野ちゃんと別れ、自宅のベッドに寝転がって天井を見つめていると、急に不安が押し寄せてきた。私は二人との会話の中で、なにか一つでも真実を話しただろうかと。これまでだって偽り交じりだった。それでも、最近見た動画の感想や、好きな俳優の推しポイントや、隣に座った客のマナーに対する不満は、確かに私が抱いていた感情だ。

ところが今日はどうだろう。いつかのツイートのように「ネイルのデザイン悩んでるんだよね」なんて、ちっとも悩んでいないことを話さなかったか。興味のない女性アイドルの魅力を語らなかったか。それらはももの話題だ。本当の私のこと、なにも話してない。誰も知らない。誰も知らないということは、存在しないのと一緒なんじゃないか。

一人でいたくない。

居ても立ってもいられず、急遽出勤したい旨を店長にＬＩＮＥした。「事務所待機でよければ」と快諾してくれる。自宅待機よりもドライバーの負担は少ない。急いで身支度をして事務所に向かった。

マンションの一室である事務所のドアを開けると、ちょうど人が出てくるところだった。私が引いたドアの軽さにバランスを崩したのか、目を丸くした女性が前のめりに向かってきて、慌てて受け止める。肉づきのよい体格を支えきれず、少しよろめいた。

「ごめん！　ごめんねー！」

「いえ、こちらこそ」

その大きな目には見覚えがあった。一年前に卒業したキャストさんだ。店長の古い友人の、そのまた友人らしく、前の店でストーカー被害に困っていたところを、店長がひっぱってきたのだと待機所で噂になっていた。真偽のほどは定かではないけれど。

特別美人というわけではないのに、包容力にあふれる人柄のせいか、はたまたテクニックのせいか、とても人気があった。仕事が好きなのも伝わってきて、それだけに、辞めると聞いた時は驚いたものだ。

私たちの声に、奥からひょっこりと店長が顔を出す。電話中のようだが、その目は心配げに細められていた。「大丈夫ー！」彼女は小声で叫ぶけれど、絶対に聞こえていない。

「店長、じゃあまたねっ」

声量こそ小さいのだけど、「！」とか「っ」とか語尾がいちいち騒がしい人だ。両腕で大きく×印を作っているけれど意味がわからない。無事を表すなら○じゃないのだろうか。それでも店長には伝わったようで、彼は手をひらひらさせるとすぐに引っ込んだ。

「ももちゃんも、またね」

「あ、はい。また」

ほとんど交流のなかった私の名も覚えてくれている。こういうマメさも、売れっ子である理由の一つだったのだろう。

マフラーを解いて事務所に入ると、電話を終えた店長がもなかを咥えながらパソコンをいじっていた。

「ももさん、おはようございます」

結衣さんじゃないんだ、と、そんなことを残念に思ってしまう。源氏名で呼ぶということは、誰かいるのだろう。耳を澄ますと、加湿器のこぽこぽという音にまじって、隣の部屋から話し声が聞こえてきた。

「食べます？　もなか」

「食べるけど、量おかしくない？」

十個入りの箱が、六箱も積み上がっている。「待機部屋にもありますよ、二箱。賞味期限一か月は必要な量ですよね」と、店長は笑った。

「これ、もしかしてさっきの……」

「あ、そうです。彼女今、和菓子屋さんに勧めてるんですけど、そのおすすめだそうで。少し前にワイドショーでも紹介されたとかって」

「急いでたみたいだけど」

「ええ。塾に預けてるお子さんを迎えにいくって」

塾に預けるって、妙な言い方だなと思いつつ「ふうん」ともなかを食べる。皮の香ばしい香りが鼻に抜け、上品な甘さが口の中に広がった。

「気になるんですか？　彼女のこと」

「そういうわけじゃないけど……ただ、あの人はずっとこの業界で働くと思ってたから、だから意外っていうか」

「まあ、みなさん理由がありますから。始めるのも続けるのも、辞めるのも辞められないのも。それなのに……」

そこで言葉を切った店長は、一度咳払いをすると「この間は、すみませんでした。気分を悪くさせてしまって」と軽く頭をさげた。とつぜんのことに驚いて「あの、いや、私も」と言ったものの、まずなにから先に謝ればいいのかわからない。

私は店長に甘えていたのだと思う。冷たい態度をとっても離れていかないことを確かめては、安心していた。思えば店長は、私の職業を知りながら結衣と呼んでくれる唯一の人だ。嫌悪だったり苛立ちだったり、ありのままの感情を店長が受け止めてくれるから、時折見失いそうになる「本当の自分」が、ちゃんと存在していると実感することができた。

そう思ったら「私も、ごめん」と驚くほど自然に謝ることができた。少し考えてから「せっかくもらったココア、転がしっぱなしで」と続けると、店長は少し笑った。

　照れ臭くなって目をそらすと、その先にデスクに置かれた名刺があった。話題を変えるつもりで、「店長の名刺、スクエアなんだね」とさほど興味もないことを口走る。店長は、「正方形が折りやすいんですよ」とよくわからない返事をした。

　相澤夏希、と書かれた名刺を一枚とる。名刺の割には、ずいぶんうすい紙質だ。

「これ一枚もらっていい？」

「ええ、もちろん」

　快く頷いたくせに、なぜか店長は私の指からひょいと名刺を奪った。半分以上残ったもなかを一口で平らげ、手際よく、だけどゆっくり鶴を折る。出来上がった折り鶴を、私の手のひらに載せてくれた。定規をあてて折ったような、きれいな出来栄えだ。

「なんで折り鶴？」

「失くしにくいじゃないですか、この方が」

「合理的だね」

「あと、ご利益ありそうじゃないですか、お守りみたいで」

「神秘的だね」と笑いながらも、お守りと聞いて思い出す記憶があった。まだ私が移籍してきて間もない頃。あの日も店長は、面接で自らが落とした四十代くらいの女性に折り鶴を渡していた。あの時彼は、連絡先を渡していたのか。

　気休めにもならないことを、と、当時苛立ったことを思い出す。もやもやした気持ちのまま、隣の事務所から聞こえてくる会話を聞くともなしに聞いていると、彼女がシングルマザーであること、女性センターの存在や生活保護の手続き方法を説明していることがわかって、その苛立ちは増した。

風俗嬢は立場が弱くてかわいそうだから手助けしてあげなきゃ、という使命感、というか正義感、というか責任感。わかんないけど、そういう差別意識が無意識に店長の中にあって、私たちを見下しているんじゃないかと。今思えばそれが、店長に対して苦手意識を抱くようになったきっかけなのかもしれない。

「こないだ、店長のこと嫌いって言ってごめんね」

「嫌いとまでは言われてないつもりだったんですが」

「あ、苦手って言ったのか。いい人ぶってる感じが、苦手だったの」

彼は「あー」と頷き、「本当にいい人は、いい人ぶらないですもんね」と少しずれた納得の仕方をした。

「じゃあせっかくなので、引き続きいい人ぶりますけど」

「なに？」

「困ったことがあったら、いつでも開いて連絡してください」

折り鶴を指差して、店長が言う。

いつでも、と言われると、この小さな折り鶴がとても頼もしく見えてくるから不思議だ。もともと知っていた番号なのに、「いつ連絡してもいい」と言われただけで、まったく別の場所にかかるような気がする。

「もし、私がこの業界をやめて、店長と関係なくなっても？　かけていいの？」

「ええ、もちろん。いつでも」

もちろん。いつでも。店長の言葉を舌の上で転がした途端、こわばっていた肩からすとんと力が抜けていくのがわかった。ここ最近じゃない。もっとずっと前、それこそ、あの新年会の夜から日ごと凝り固まっていた身バレの不安が、すっと溶けていくような感覚だった。

身バレは怖い。今だって怖い。でもあの時本当に怖かったのは、怖いんだって言える相手が誰一人いなかったことなのではないだろうか。三年前は、不安定な足元に一人で立っていることができず逃げ出した。でもこれからは、この折り鶴を開けば、つながる相手がいる。

失くさないよう、大事に折り鶴を財布にしまった。

「いつでもって、ほんとにいつでもかけていいの?」

重ねて問うと、店長はなぜか「デリヘルスタッフ舐めないでもらえます?」と胸を張った。

「トイレ行くにも、ペンメモスマホ子機電話は標準装備ですよ」

確かに電話予約の対応をしている田代くんの声がトイレから聞こえて来たことがある。うっかり押してしまったらしいウォシュレットの音に随分慌てていた。その時の様子を思い出して、つい笑ってしまう。

「ああ、電話といえば……後藤さんから指名入りました。十九時でお願いします」

「えっ、今日? さっきの電話、後藤さんだったの?」

突発的な予約とはめずらしい。ましてや今日は予定していなかった出勤だ。これまではひと月に一度の来店だったのに、バレンタインチョコを渡した日からまだ、二週間も経っていない。

「日曜の予約、初めてですよね。いつも平日の遅くなのに」

二つ目のもなかに手を伸ばしながら、店長は首を傾げた。どさくさに紛れて私の手にも握らせようとする。ノルマらしい。タピオカミルクティーが控えていると思うと遠慮したいところだが、考え直して受け取った。

後藤さん、もなか好きだろうか。


その夜の後藤さんは明らかに様子がおかしかった。いつもはスーツなのに私服というのは、日曜だからと納得できるけど、それを差し引いても普段通りではない。タピオカミルクティーも持っていないようだし、シャワーの間も、ずっとうつむいたまま、話しかけても「うん……」とか「そう……」とか、ため息に無理やり音をのせたような、弱弱しい相槌だけ。無愛想というよりは、どこか上の空で、上の空と言うよりはどこか、落ち込んでいるような。

「あれ？　制服って……」

「あ……ないんです、今日は、ない。タピオカも……すみません」

後藤さんがたどたどしく告げる。「謝ることじゃないよ、いつもありがと」と返しながらも、いつもとは違う後藤さんの態度に私はとまどっていた。

制服がないということは、今夜は初恋相手のチエミにならなくていいということだろうか。少し悩んで、けれどヘアスタイルだけでもチエミに寄せるかと、いつものようにポニーテールにする。制服の代わりにバスタオルだけ巻いて、ベッドルームに戻った。

先に準備を済ませ、腰にタオルを巻いた後藤さんは、ベッドの端に腰かけうなだれていた。なんだかとてつもなく重たいものを背負っているような、それに抗っているような様子。こちらに気づいて顔を上げた彼は、私を見て視線を泳がせた。

「ごとーさん?」

隣に腰掛け「どうしたの?」と膝の上の拳に手を置くと、彼は怯えたようにその手を払った。驚いて後藤さんを見ると、私以上に驚いた様子で、呆然と自分の右手を見つめている。やがて思い出したように「ご、ごめん」と謝り、「あのさ、今日は、その……、髪は……」と、長い沈黙を含んで言ったあと、なぜか立ち上がった。

「え? 髪?」

「あ、いや……き、今日は、やっぱり今日は……なしで、お願いします」

「ええ?」

お金は返さなくていいから、と足早に脱衣所に向かい、私の畳んだ彼の服を抱えて帰ってくる。ベッド上に放り、服の束から少しほつれたトランクスを探しあてる。見上げたその顔が泣き出しそうに見えて、思わず私は「待って」と振り払われたばかりの手を取った。

「なにかあったの? ごとーさん、今日おかしいよ?」

心配だなー。そう努めて笑いかけようとしたのに、うまくいかない。つくづく私は要領が悪い。動揺を上手に隠せないくせに、鈍感な振りをして「わかった、じゃあまたね」と何食わぬ顔で見送ることもできない。ただ中途半端な笑顔で、中途半端に彼を引き留めて、深入りしてしまいそうな気配に、もう、後悔している。

重そうな眉毛の下、小さな目が、なにかのバランスを保とうとするかのように揺れている。均衡が崩れたのか、堪えたのかはわからない。やがて後藤さんは、縋るような視線を一瞬だけこちらに向け、すぐにうつむき「娘とケンカして」と、つぶやいた。

「け、ケンカ？　そんなに、落ち込むほどの？」

確か娘さんは中学生だと言っていた。ちょうど、父親に対して嫌悪感を抱く時期。ケンカの理由を聞く前に、私はほっとしてしまった。もっと深刻な、それこそ生死にかかわるような、家族関係が壊れるような、そんなものを想像していたから。

「何度言っても……風呂上がりにタオルを巻いただけの格好で、リビングをふらふらしてるので……今日は、言いすぎてしまって」

ぼそぼそと、感情を失くしたように、もしくは抑えるように、後藤さんは続けた。うん、と小さく相槌を打つ。話している間、後藤さんはちらっともこちらを見なかった。

「誰かと電話中に……たぶん、男だと思うんですけど、電話中に怒鳴ってしまったので、娘も、すごく……怒ってしまって。お母さんはいいのにって。どうしてあたしばっかりって……それで、すごい剣幕で迫ってきて、ほんとに、すぐ目の前まで来て……それで、つい、突き飛ばしてしまって……ケガを、させちゃって……巻いてたタオルも、尻もちをついた拍子に、ほどけちゃって……」

「それは……確かに落ち込んじゃうね」

声を落として頷きながら、思ったよりも深刻ではなさそうな話に、内心ほっと胸をなで下ろす。しかしその視界の隅で感じた違和感に、思わず息をのんだ。

後藤さんの腰に巻かれたバスタオルが、何かに押し上げられているようだった。私の視線に気づいた後藤さんが、慌てた様子で持っていたトランクスで覆う。けれど隠しきれない男性器の先端は、まるで持ち主の最後の一線を突き破ろうとするように、屹立している。

なぜ、今。

私はただ、混乱していた。シャワーを浴びている時ですら、彼にそんな兆しはなかった。今彼に触れているのだって、手首だけ。じゃあ、彼を興奮させたのは——。

「チエミって、もしかして……」

ふと思い立ってこぼれた疑惑に、彼はあからさまに動揺した。

確信に変わったその瞬間、ぞっと鳥肌が立った。思わず手を放す。肌に浮いた生理的な拒絶が彼にバレてはいけないと思った。けれどその行為自体が、立派な拒絶として伝わってしまう。

ずっと、違和感があった。彼が中学生の時、タピオカは流行っていただろうかと。夏には半そでを、冬にはカーディガンを。執拗なこだわりを見せる彼は、呼び名だけは「後藤さんでい」と言った。ごとーさん。少し伸ばすようにしてほしいとも言った。同級生の男子を「さん」づけで呼ぶこと、それが当時の中学生にとっては当たり前のことなのだと勝手に納得した。けれどそれに、意味があるとしたら。

お父さんと、そう聞こえるように言わせたのだとしたら。

タピオカミルクティー。女子高生が列を成す、その中でたった一人なにを思って並んでいたのだろう。恥ずかしくはなかっただろうか。そんな思いをしてまで、本当に買ってあげたかったのは。一緒に飲みたかったのは。喜んで欲しかったのは。

「じゃあ、いつものあの制服って……」

「そ、それは違う、買ったのは本当……だけど……」

私がなにかを言う前に、彼はベッドの下に崩れ落ちた。

「気持ち悪いよな……」

いつにない、雑な口調で彼はつぶやいた。そんなことないよ、と、ここで即答できる子は売れるのだろう。そうするべきだとわかる。今までだって心にもない言葉を私はたくさんかけてきた。それなのになぜだか今は、軽いうわべの言葉が、喉に張りついて出てこない。

どのくらいそうしていたか、ふらりと立ち上がった彼は、のろのろと身支度を再開した。腰のタオルがほどけて落ち、いつの間にか萎んだ性器が情けなく揺れている。真っ青な顔で、シャツや靴下をかき抱いている。

逃げ帰ろうとする彼になにかを言わなければと思うのに、頭の中に散らばっているどの言葉を拾い上げても、適切ではない気がした。

もし今引き留めることを諦めたら、彼はどこに行くのだろう。家に帰ることができない彼は、どこで時間をつぶすのだろう。

そんなわけはないのに、ラブホテルの前の路地裏に置かれた、小さな雪だるまが頭を掠めた。「すごいな、庭ですか」と、嘆息した店長の声まで蘇り、最後に浮かんだのは、庭先に並んだ、四つの雪だるまだった。

なぜか浮かんだその光景を振り払いたくて、気がつけば私は、「あの！」と叫んでいた。大きな呼びかけに、彼の肩がびくりとする。

「あ、あなたがどこの誰で、どんな立場の人で、誰の親で、誰を好きか、なんて、気持ち悪いかどうか、なんて、そんなの全部、私にとってはどうでもいいっていうか」

慎重に言葉を選んでいたはずなのに、一度口を開くと言うつもりじゃなかった言葉ばかりがあふれ出す。

私たちは他人同士だ。これまでのことも、これからのこともない、「今」だけの関係だ。彼が私にした話も、私が彼にした話も、なに一つ本当のことなんてなかったのかもしれない。だけど匿名の関係だからこそ、望めばいつでも途絶えるつながりだからこそ、誰にも言えなかった本音を言えるのではないか。私たちは今この瞬間だけ、誰よりも親密な他人なのだ。

「だから……だから、いいじゃん」

いいじゃん、私はチエミじゃないんだから。自分の言葉に背中を押されるように、私はひとつにまとめていた髪を解いておろした。

彼の光のない小粒の黒目が、ゆらゆらと揺れている。彼の眼には今、誰がうつっているのだろう。

プレイ後、彼は必ず私を先に退出させる。ありがとうね。そう、穏やかな顔で私を見送った後、二人でくるまった毛布や、タピオカミルクティーの空の容器や、汚れた制服を見渡して、一瞬で引き戻された現実に、なにを思うのだろう。

部屋の真ん中で、ぼんやりと立ち尽くす彼が浮かんだ。出たばかりのシャワールームに戻り、制服を洗う。裸の彼が、背中を丸めて、洗面器に浮かべた制服を洗っている。乾きかけた自分の精液を必死に落とそうとしている。思わず漏らしたため息が、ちゃぷん、と控えめな水音に飲まれて沈む。白い湯気に隠されて、彼の表情は見えない。振り返らない。その、少し前かがみになった背中が、目の前のものと重なる。

「ももちゃん……」

振り返らないまま、頼りない声が私を呼ぶ。

彼は今夜、私に会いに来たんだ。チエミじゃなくて。行く当てもなく、誰かにそばにいて欲しいと思った時、彼が会いたいと思ったのは、私なんだ。

「大丈夫だよ」

無意識にこぼれた。その言葉が気休めでしかないことを、私も、たぶん彼も、わかっている。それでも、なに一つ大丈夫じゃなくても、大丈夫と言って欲しい。その気持ちが、私にはよくわかる。

「大丈夫、そういう人、他にも……他にも、いるよ」

あなただけじゃないよ。背中から抱きしめると、息をのむ雰囲気が伝わってきた。冷たい、ざらざらと乾燥した肌だった。思えば私は、一度も彼と肌を合わせたことがなかった。いつも私たちの間には、制服の固い感触があった。

大丈夫だよ。何度も繰り返しているうちに、彼の広い背中が小刻みに震え出した。

白くなるほど固く握った手。背中越しにその手をとる。指を一本ずつ開いて、指と指を絡ませると、彼は躊躇いがちに握り返してくれた。振り払われた、父の冷たい手の感触を思い出す。

必要以上に力強く握られた雪だるま。凍傷を起こしかけてまで、父はあの時、なにを守ろうとしたのだろう。なにと戦っていたのだろう。弟が成長するにつれて、父は私を遠ざけるようになったと思っていた。もし、私が成長するにつれて、だとしたら。

――汚い、触るな。

あの時父は、どちらの手を汚いと言ったのだろう。あの夜、どこで寒さをしのいだのだろう。わからない。今さら聞きたいとも思わない。

ただ、凍えるほど寒かったあの夜に、父が一人じゃなければいいと、そう思った。

落ちないボール

あと一撃でトドメを刺せる。大きく振り上げた刃の切っ先が標的に当たる瞬間、風香の一言に気を取られて手が滑った。血しぶきが舞い、目の前が真っ赤に染まる。あ、とも、え、ともつかない声が俺の口から漏れ、【ゲームオーバー】の文字がテレビ画面いっぱいに広がった。

「なんだって？」

振り返って尋ねると、食器を洗う風香は丸っこい背中を向けたまま、「うん、だからね」とくり返した。

「実はあたし、デリヘルで働いてるんだよねー、って、言ったのー」

あまりに軽い調子で告げるから、一瞬、冗談を言っているのかと思った。しかし「やっぱり、驚く……？」と重ねる風香の声は普段よりずっと低く、心なしか震えていて、俺は「そりゃそうだろ」とそっけなく返すことしかできない。

ゲームのコントローラーを置き、すっかりぬるくなってしまったビールを飲む。大粒の結露が缶を流れ、俺のあぐらの上で寝息を立てている五歳のひかりの鼻に落ちた。

太腿の上にあったはずの頭が、いつの間にか股の間まで移動している。脱力しきった上半身は、まるでクロールの息継ぎでもしているかのようだ。首痛くねえのかな。そう笑って言おうとしたのに、実際に出てきたのは「じゃあひかりって客の子？」というデリカシーの欠片もない言葉だった。

食器を洗う風香から、反応らしい反応は返ってこない。聞こえていないのか。聞こえていないふりなのか。それを確かめる度胸はないが、だからって、このまま話を終わらせてしまう度量もない。

「働いてる間、ひかりは?」

「託児所に預けてる。二十四時間、いつでもOKだから」

「コールセンターで働いてるってのは? オペレーターっってたじゃん、掛け持ち?」

「嘘……です、ごめんなさい。働いてないです」

「なんで、コールセンター?」

「夜間のシフトもあるし、怪しまれないって聞いて……」

ファミレスとかだと、お店に行かれたら、バレちゃうから。相変わらず背を向けたまま、風香が言う。

違和感がなかったわけじゃない。かばんに常備されたイソジンとか。シングルマザーとは思えない金払いのよさとか。うますぎるフェラとか。都度ひっかかりはしたけど、深くは考えなかった。風香のことを、嘘や隠し事ができるような器用な女ではないと思っていたから。

「なんでだよ」

「えっと……なにが?」

「なにがって、いろいろだよ、いろいろ、なんでだよ」

なんでその仕事を、とか。なんで一年もつきあって今さら言うんだ、とか。言いたいことや聞きたいことはあるのに、喉の奥で渋滞して出てこない。その合間をすり抜けるように、「なんで裏切ったんだよ」と、よりによってもっとも残酷な言葉が口をついた。

「あたし……裏切ったことになるの？」

「なるよ、なるだろ。最初っから言ってくれたら」

言いかけて、慌てて口をつぐむ。

「最初に言ってたら、つきあってなかった？」

いつの間にか彼女は、手を止めてこちらを振り返っている。視線が合う前に、テレビに向き直った。

「あのね、大丈夫だよ？　性病の検査は定期的にしてるし……」

「はあ？　いや、今そんな話してねえだろ」

いや、してるのか？　今大事なのは、そういう話なのか？　わからない。なにもかもが面倒だ。置きかけたゲームのコントローラーを握り直し、【リトライ】を選択する。

「ちょっと、考えさせて」

一瞬暗転したテレビに、手に泡をつけたままの風香が映る。かたくなに逸らしていたのに、テレビを通して視線がぶつかってしまった。その目は、「なにを考えるの？」と不安そうに揺れている。

確かに。俺は、ちょっとなにを考えるつもりなのだろう。えーと、だから、そう。内見予定の2LDKのマンションのこととか、ひかりが楽しみにしている来月の夏祭りのこととか、そういうやつを。

ぱっと画面が切り替わり、怯えを浮かべた風香のタレ目が見えなくなった。恐怖を煽るような派手な音楽が鳴って、あわただしくクエストが始まる。

「翔ちゃん……」

俺を呼ぶ上擦った声が、ゲームの中の悲鳴にかき消された。


風香の告白によって、引きずり出された苦い記憶がある。

小学四年生のゴールデンウィーク。その日は、何か月も前から楽しみにしていたファミリーキャンプの前日だった。

二階から下りてきた母が突然、風呂上がりの父の頬を張った。ちょうどトイレから出たところだった俺は、目の前の修羅場に足がすくんで動けなくなった。

父の腰には、俺のバスタオルが巻かれていた。青地に星がちりばめられた、ポップで場違いなバスタオル。何度文句を言っても、ものぐさな父は一番上に畳まれたタオルを使う。

「な、なんだよ急に」

驚いたように言った父は、母が握っていた名刺サイズのカードを見てさっと顔色を変えた。

「ちがう、これは……」

「なにが違うの」

「ただの息抜きで……浮気、とかじゃ」

「なにが違うの」

「なあ、翔が……見てるから」

そういう父の声には力がこもっていなかった。

ごつっと鈍い音が響いた。母が無言で、何度も父の胸を叩いていた。馬鹿にしないで。なにが違うの。馬鹿にしないで。壊れたおもちゃのように繰り返す母の背中は、小刻みに震えていた。

父が母の名前を呼びながら肩に手を伸ばす。それを拒むように母は両腕で父の胸を押し、反動でへたりこんでしまった。腰のタオルが、音も立てずに落ちる。母の後頭部の先で、しぼんだ性器がだらしなく揺れた。

「私が、いつも、どんな思いで……」

それ以上、母の言葉は続かなかった。のろのろと立ち上がり、俺の横を通って寝室に向かう。父はなぜか、出たばかりの浴室に戻ろうとした。お父さん。呼びかけても、父は振り返らなかった。

母が下りてきた二階を見上げると、父の書斎のドアが半開きになっていた。ふらりと階段をのぼり、吸い寄せられるように中を覗く。

デスクライトの明かりだけで照らされた、ほの暗い部屋の中。パソコンの黒い背景の中を、ピンクや黄色や水色の蛍光色が、細い線となってぐるぐる泳ぎまわっている。マウスに触れると、スクリーンセーバーが解かれ、ぱっと画面が切り替わった。

現れたのは、黒とピンクが基調となったＷｅｂサイト。スクロールをすると、下着姿の女性の写真とそのプロフィールがずらりと並んでいた。その中で、一つだけ他とは違う文字色の名前があった。クリックされた形跡だ。「あき」の名前を恐る恐るクリックすると、詳細プロフィールに移り、写真が大きくなった。

最初に、あれ、と思ったのは口元を隠す指先。赤地に、ぽつぽつと大小さまざまな黒のしずくが落ちている。そのネイルのデザインには見覚えがあった。もう一度、写真の全体を見る。申し訳程度にぼかされた顔。色素の薄い黒目。目元のほくろ。

そこにいたのは、クラスメートである夏希の母ちゃんだった。

夏希の家に遊びに行った時、俺はそのネイルをキモいイチゴだとからかい、彼女はテントウムシだと大人げなく拗ね、息子である夏希が、不器用なんだからネイルやめなよ、と迷惑そうに言った。

なぜ、友達の母親がそこにいるのか。なぜ唯一、ページが開かれたあとがあるのか。父と夏希の母ちゃんは、どんな関係なのか。その先を考えようとすると、心臓がきゅうっと縮み上がった。得体のしれない恐怖が湿気のようにべとべととまとわりつき、俺は逃げるように書斎を出て、ベッドに飛び込み布団をかぶった。

翌朝、キャンプの出発時間になっても二人は起きてこなかった。起きてきたらすぐ出られるように、リュックを背負い、虫かごをさげ、帽子までかぶって、リビングのソファに座って待った。

リュックを膝におろし、開く。きれいに折りたたまれた服やタオルや水着。おこづかいを貯めて買った双眼鏡。水鉄砲。虫かご。一つずつ荷解きをしていたら、きれいなままの持ち物に混じって、母の作った旅のしおりが出てきた。汗ばんだ手で何度も開いたせいで、しわくちゃになっている。旅のテーマ、楽しむためのルール、献立。丁寧に書かれた母の文字やイラストを見ていたら、たまらなくなった。なんで。どうして。繰り返しながら、しおりを粉々になるまで破った。破るたびに、涙がこぼれた。

母がようやく下りてきたのは、お昼を過ぎた頃だった。俺が広げたさまざまを見て、少しだけ気まずそうに目を泳がせて、「お腹すいたね、ホットケーキでも焼こうか」と、ぎこちなく笑った。その諦めきった表情を見て、すっと涙が引いた。

全部なかったことにするつもりなんだ。

お腹の中で熱い塊がごろごろと暴れだす。悲しみなのか、悔しさなのか、怒りなのか。体中を駆け巡っていた。何度も拭った目元がひりひりと痛む。誰のせいだ。誰のせいで、俺はこんな思いをしている。

父が母を裏切ったように、俺まで夏希に裏切られたような気がした。仲良くしてやったのに。遊んでやったのに。そんな思いが募って——ゴールデンウィーク明け、例のホームページのプロフィール画面と、フォルダに保存されていた写真を印刷し、教室の黒板に貼り出した。

夏希は黒板をじっと見つめたまま、しばらく動かなかった。俺はそんな夏希を、ずっとにらみつけていた。目に力を入れていないと、なにかがこぼれてしまいそうだった。


大江戸線の長い階段を上り、地上に出る。昼間だというのに、雨に濡れた東新宿駅は薄暗い。この土砂降りの雨の中、徒歩十分の距離にある客先まで行くことを思うと気持ちが萎えた。

「また一段と強くなってんなー」

前を行く先輩のタケさんが、舌打ちをしながら折り畳み傘を開く。

空は、どんよりと暗い。晴れ間など忘れてしまったかのように、淡々と雨を降らしている。

雨が落ちる音よりも、車が上げる水しぶきの音ばかりが大きく響いていて、その音に負けないように「それで、さっきの続きっすけど」とタケさんの背に向かって叫んだ。

「あー……楽しいかって？」

「そっす。楽しいっすか。風俗って」

タケさんは点在する水たまりをよけながら「まーなー」と気のない返事をした。外回り中にする話ではないことはわかっていたが、昨晩、風香に言われたことが頭から離れなかった。タケさんはどうせ仕事中に仕事の話をしない。四十代後半にもなって役職らしい役職についていないだけあって、先輩らしいことをなにもしてくれない。その代わり、先輩ぶることもない。

「楽しいっつーのとは、ちょっと違うけどなー」

興味あんのか？　傘を傾け、顔を覗き込んでくる。浅黒い肌に浮かぶ、ぎょろりとした目と鼻、口。それぞれのパーツがはっきりとしていて、タケさんはいつもびっくりしたような顔をしている。

「興味……まあ、そうっすね」

「何歳だっけ、今」

「二十四っす」

「オレが初めて行った時もそんくらいだな。イイ子紹介してやるよ」

「イイ子っすかー」

アタリハズレが激しいからよ。汗なのか雨なのか、頬についた水滴を乱暴に拭いながら、タケさんは言う。タケさんにとって風香はアタリなのだろうか。ハズレなのだろうか。

「この子とか、よかったぞ」

器用に鞄と傘を片手で持ちなおし、タケさんは押しつけるようにスマホの画面を見せてきた。自社の製品ページはパッと出てこないくせに、お気に入りの子のページはブックマークしているらしい。

目元がお店のロゴで隠され、顔全体がぼかされているので美人かどうかはわからない。しかし、なるほど、出るところが出ており、メリハリのあるスタイルだ。いかにもタケさんが好きそうな。

「あとな、おすすめはー……」

次のスワイプで、風香の写真が出てきてもおかしくない。そう思うと、まるでタケさんに風香を寝取られたような感覚に陥った。

「この子なんて、ちょっと多めに払えば挿れさせてくれっからよ」

「いれる？」

「いわゆる本番ってやつ……って、おい、なにやってんだよ」

「え？　あー……」

タケさんの慌てた声に我に返ると、深い水たまりを踏みつけていた。革靴を通して、靴下までぐっしょりと濡れている。足踏みをすると、水を含んだ革靴が、がぽがぽと音を立てた。

「奥さんじゃ、ダメなんすか。要は、性欲処理ができればいいんですよね？」

言うと、わかってねえなあ、というようにタケさんは大きなため息をこぼした。

「オンナとして見れねえよ。おっぱいも腹もよー、だるだるのオバサンなんか、ヤる前から萎えるわ」

「はあ」

なるほど最低っすね。思わず漏れかけた本音をため息でごまかす。俺の反応に慌てたのか、タケさんは言いわけをするように、早口に続けた。

「いや、不倫したり素人に手出すよりマシだろ？　あっちだって、オレに興味ねえしよ。まあだから、ただの息抜きだよ。抜くとこ抜いて、それで家庭が円満になるならいいじゃねえか」

タケさんは自分の言葉に、うんうん、とゆっくり大きく頷いた。そうなんすね、と、話を終わらせてもよかった。だけどしたり顔で悦に入るタケさんを見ていたら、なんだかもやもやして、言い足りないような気分になって「じゃあ」とさらに一歩踏み込んでしまう。

「じゃあもし娘さんがそうだったら？」

「は？　娘が嬢だったらって？」

「そっす」

一瞬きょとん、としたタケさんは、質問の意味を理解し顔をこわばらせた。

「ば、馬鹿野郎、あいつはそんなやつじゃねえよ」

軽く笑い飛ばすつもりだったのに、頬にうまく力が入らなかった。「はあ」と、ため息のような相槌をなんとか絞り出す。雨に濡れた靴下が気持ち悪かった。気持ち悪い。肌にまとわりつく湿気も、とっさに笑おうとした自分も。ぜんぶ、気持ち悪い。

父の風俗通いが判明してから、両親の間でどんな会話がなされたかはわからない。けれどどしばらくして、二人は些細なことで笑うようになった。なのにちっとも楽しそうじゃない。ホットケーキでも焼こうか、と言った時の母と同じ、よそよそしく、探りあうような笑顔。

小学生の頃はその笑みを向けられるたびに鳥肌が立ったし、いちいち反発もしていたが、中学生にもなると、「そりゃ楽だもんな」と妙に納得した。笑ってさえいれば、それ以上話が深刻にならずにすむ。話し合うことも、お互いを受け入れることもしなくていい。

風香と最初に言葉を交わしたのは、諦めることを覚えた、そんな中学一年の六月。その日は朝から強い雨が降っていた。

期末試験前の、部活動ができない期間。勉強をするための期間だが、勉強はしたくない。誰かを誘って遊びに行く気にもならない。家にも帰りたくない。そんな放課後にふらふらと校内をうろつき、体育館を横切った時、ふと、思い出すことがあった。いつかの授業中、見上げた天井の骨組みに挟まったバレーボールが、どうにも気になっていた。

体育館の重い扉を開けた瞬間、むわっとした湿気がまとわりついた。梅雨の長雨のせいか、館内は蒸し暑く、床が湿気でつるつるとしている。雨は嫌いだ。うっとうしいし、窮屈だし、息苦しい。

転がっていたバレーボールを拾い、垂直に蹴り上げる。ぎりぎり、天井まで届く。骨組みにあたって、あらぬ方向に飛んでいく。追いかけ、拾い、蹴る。

どうしても取りたかったわけではない。ただ気になった。行く当てもなかった。そして暇だった。なにも考えたくなかったし、誰かと笑いあう気分でもなかった。

「あっ」

小さく声があがり振り返ると、入り口に見知らぬ女子がいた。目が合った彼女は、「あ、あの、音が聞こえたから……部活やってないはずなのに、不思議だったから」と、聞いてもいないのに言いわけをする。

それにしてもでかい女子だ。身長こそ平均的だが、贅肉につつまれた全身はくびれがなく、はちきれそうだ。ただでさえ肉厚な体に、こんもりと豊満な胸がのっており、体操着の名札に丸っこい字で書かれた「大崎(おおさき)風香」の名前が、胸に押し出されて間延びしている。なぜか襟だけがよれよれで、いったい、なにと戦ったらそんなに胸元が伸びるのかと疑問だった。

上履きの色から、二年先輩であることがわかる。でも、なんというか、後輩らしく振舞う必要もないというか、見下しても許される雰囲気が彼女にはあった。

「わかる、ほっとけないよね、あのボール」

おでこにできた大きなにきびをしきりにいじりながら、彼女は言う。

「いや、別に」

無視を決め込んでいたのに、反射的に応えてしまう。慌てて「ぜんぜん、ほっとけるし」と続けると、なんだかムキになったような言い方になってしまった。

「別に、ほっとけないから取ろうとしてるわけじゃねえし」

「えっ、あ、取ろうとしてたの？　ですか？」

「はあっ？」

思わず声を荒らげると、彼女は萎縮したように口の先をすぼめた。口をとがらせたまま、もごもごと続ける。

「もう一つ、はめるんだと思ってたの、となりに……」

「なにその無理ゲー」

「だって、あそこはあそこで、居心地がいいかもしれないし……」

「好きではまったみたいな言い方すんなって」

乾いた笑いが漏れた。だけど彼女は笑い返さない。ただじっと、身動きのとれなくなったボールを見上げている。やがて彼女は、「ちょっとわかる」とぽつりと言った。

「輪から外れたい気持ちも、かといってひとりぼっちにはなりたくない気持ちも、わかるなあ」

彼女は天井に向けて、めいっぱい両手を伸ばした。それから、「遠いなあ」としみじみつぶやく。無性にイライラした。だけど苛立ちの理由もやり場もわからず、持っていたボールを思い切り床に叩きつける。彼女はびくりと肩をこわばらせて黙った。

彼女が天井のボールに対してとやかく言っているのは、もちろんわかっている。けれど、ひとたび頷いてしまえば、必死に我慢していた言葉や感情が漏れ出してしまいそうだった。

「取れたとしても、文句言うなよ」

「言わないから……ここにいてもいい？」

「好きにすれば」

俺は黙ってボールを蹴り続け、風香も黙って壁際に座っていた。

館内には、切れ間なく雨の音が鳴り響いていた。さぁっと流れる細かな音に紛れて、たまに、大粒の水滴が屋根を叩く音がする。とん、とん、と、背中を叩くような、あやすような、やさしい音だった。雨は好きじゃない。けれど、雨音は嫌いじゃないと、その時初めて思った。

結局、はまったボールを取ることも、新たにはめることもできなかった。

中学生活において風香と言葉を交わしたのは、後にも先にも、そのひと時だけだった。


風香と再会したのは、二十三歳の時。三学年合同で開催された同窓会の場だ。

合同となったのは、企画をしたサッカー部の元部長が後輩のマネージャーに告白したかったからとか、そんな取るに足らない理由だったと思う。後輩である俺はもちろん、運営側に巻き込まれた。

当日、総勢二百人を超えた参加者の中に、部長が愛を告げたかったマネージャーはいなかったらしい。けれど、それをネタにして別の女の興味を惹こうとする程度に、部長はずうずうしいし、たくましい。本当は学生時代の恋なんてどうでもよくて、「一人の女のために同窓会を開いたバカなオレ」っていう、拡散できるネタが欲しかっただけなんじゃないかとすら思う。

俺は俺で幹事の一人として、場が盛り下がらないように愛想もノリもよくしていたのだけど、誰も彼もプログラムされたようにくり出す「今なにやってるの？」「彼女は？」「今度飲みにいこーよ」に、一言一句同じ返答をしているうちにだんだんとむなしくなり、ハイボールのグラスを片手に、無人の受付に入り浸っていた。

暇つぶしにTwitterを開くと、タイムラインに【#若葉北中卒業生集合】が大量に流れてきた。一瞬驚くが、「トレンド入りしたらヤバくね？」とノリでハッシュタグを作ることを提案したのは俺だった。

もちろんトレンド入りなんてするわけないのだが、たくさんのゲストがこのイベントの内容をツイートしていた。盛り上がっている様子。料理の写真。すげえすげえ、まるで楽しそうだ。ふっと鼻で笑ったら、急激に気持ちが萎えてきた。

スクロールをするだけで通り過ぎていく他人の「楽しそう」な日常は、魅力的であればあるほど、むなしい気持ちになる。その場に自分が混ざっていると、余計に。なんというか、「楽しそう」とか「しあわせそう」とかを必死に追いかけているうちに、本当の「楽しい」とか「しあわせ」とかから遠ざかっているような、そんな焦燥感に駆られるのだ。

Twitterを閉じ、頬杖をついて受付の名簿をぱらぱらとめくる。ふと現れた名前に、思わず手を止めた。相澤夏希。出席にはなっているが、どうやら会場には来ていないようだ。夏希とはあの一件以来、一度も会話をしていない。謝ることも、できていない。

「あのぅ……」

突然声をかけられ顔を上げると、そこにはやたらアイメイクが派手な女性が立っていた。顔も体も丸い。髪の毛は根元から毛先にかけてベージュのグラデーションがかかっており、ゆるく巻かれていた。今来たばかりなのか、トレンチコートを着たままだ。

「あの、おーさきふーかです」

おーさきふーか。その名前を口の中で繰り返すと、大崎風香と書かれたくたくたの体操着がふと頭をよぎった。

「あー……何年卒っすか?」

「えっと、あ、赤?」

卒業年度がパッとでなかったのか、彼女は学年ごとに指定された上履きの色を答えた。意識してしまうとその自信のなさそうな表情すら、なつかしく思う。

「あのう、これ、見てもいいですか？」

「名簿？　いっすよ。見るだけなら」

真剣な表情で名簿をめくる彼女に、「会いたい人でもいんの？」と尋ねる。

「あ……いなかった、です」

「ふうん。何年生？」

「えっと、生徒じゃなくて、その、先生なんですけど……」

「わりぃ、教師は呼んでねーの」

わかりやすく肩を落とした彼女は「そうなんだぁ、ありがとぉ」と甘ったるい口調で言った。会費だけ置いて、そのまま会場とは逆の方向に踵を返す。

「もう帰んの？　なにしに来たんだよ」

「うん、でも、娘が待ってるの」

「旦那は待ってねえの？」

「独身だから」

「子どもいくつ？」

「四歳」

指を四本立て、ふわっと微笑む。その時ばかりは自信のない雰囲気が吹き飛び、どこか誇らしげですらあった。単に娘の存在が誇らしかったのかもしれないし、四歳になるまで育てた自分に対してかもしれないし、その両方かもしれない。なんにせよ、家族を思い出して思わず微笑むなんて、俺には考えられないことだ。

「Twitterやってる?」

「えっ?」

突然変わった話題に、彼女は目をまるくした。ふと、気になった。彼女の日常は、どのように俺のタイムラインに流れてくるのだろうと。

「や、やってます……けど」

「ID教えて」

「ええ……、でも、おもしろいこと、ない、です、し」

なぜか敬語で語尾をすぼめ、自信なさげに眉を八の字にする。「いいから」と強引に詰めよると、風香はしぶしぶIDを告げた。

「アカウント名、ほたる?　これ?」

「あ、そう、それ。ほたる、好きなの」

へー、と頷きフォローすると、「わあ」と風香が声を上げた。

「すごーい!　フォロワー二千人もいる!　有名人?」

「ちげーよ。なんか、この同窓会企画した時、すげー増えたんだよな」

そう言う風香は、確かに少ない。フォローとフォロワーがそれぞれ三十と、四。うち一人が俺で、いいねも、リツイートもゼロに近い。

「【#若葉北中卒業生集合】で、なんかつぶやいてみてよ」

反応がないのでスマホを見る顔を覗き込むと、風香は厳しい顔をしていた。眉間にしわを寄せゆっくり目を閉じ、「頑張ります」とぎこちなく頷く。そんな大層なミッションでもないだろうに。

そんな風香のツイートがタイムラインに流れてきたのは、同窓会から三日もたった頃だ。

『フォロワーが増えたよ。わーい。#若葉北中卒業生集合』

「ふっ」

本当につまらない。これだけのツイートに時間かけすぎだろ。でも、俺との約束を守るために考えてくれたんだろうな。そう思うと、リツイートをすることが躊躇われた。

俺がリツイートをすれば、それだけでこのツイートは二千人以上のフォロワーの目に触れる。なんとなくこの、素朴でつまらないつぶやきを、誰にも教えたくないと思った。

それから俺は気まぐれに、風香のツイートに対してメッセージを残すようになった。リプライではなく、あえてダイレクトメッセージで。Twitter というオープンなはずのSNSで行う風香との閉鎖的なやりとりは、周囲に隠れてつきあうような、ちょっとした秘め事感があって新鮮だった。

『ひかりとあたしが大好きなラーメンです』

醬油ラーメンの写真とともにそのツイートがアップされたのは、それから二週間後。

娘、ひかりっていうのか。名前を知った途端、それまで風香の娘としか、もっと言えば四歳の女の子としか思っていなかった子が、輪郭を持ってそこに現れた気がした。そうか、ひかり。ひかりちゃん。そしてひかりちゃんは、この、ごった煮ラーメンが好きなのか。カニカマや豆腐、にんじん、しいたけとは、実に節操がない。

『なにこれ、ちょっと食いてえ。俺にも作ってよ』

いつも通りダイレクトメッセージを送ってから、これはある意味デートのお誘いなのでは？と気づく。軽い気持ちで送ったのに、自覚した途端にそわそわとした。

『ひかりいるけど、いいですか？』

突然の敬語。風香が敬語になるのは、自分の発言に自信がない時だ、というのは、この時もうわかっていた。苦笑しながら、『もちろん』と送った。

それからもずるずると連絡を取り合い、風香とひかりが毎週末俺のアパートにやってくるうちに、一年が経った。俺は「つきあって」と言ったことは一度もないし、風香も「あたし達ってつきあってるの？」とわざわざ確認してくるような女でもなかった。


――明日翔ちゃんちに行ってもいい？

風香からそのメッセージが届いたのは、金曜の夜。「考えさせて」と言ってから、一週間しかたっていない。結論を出すにはもう少し時間が欲しい。けれど先延ばしにしたところで、なにかがはっきりするとは思えなかった。

なんと返信したものか。会社帰り電車に揺られながら、メッセージを見つめていると、親指が風香のアイコンに触れた。橙と黒と水色のグラデーションにしか見えなかった画像が拡大され、金魚の写真だとわかる。これ、もしかして去年の夏祭りの――。

金魚すくいの前でひかりが動かなくなったのは、ちらほらと、屋台が片付けを始めた頃だった。ビニールプールによって水色に染まった水面に、橙と黒の金魚がゆらゆらと、優雅に泳いでいる。屋台の電球が水面に反射して、誰かの汗が生んだ波紋までもが幻想的に見えた。

「やりたいの？」

風香が尋ねると、小さな頭がこくりと縦に揺れる。風香は少しためらった後、一回分の料金である二百円を支払った。ポイを受け取ったひかりはいっちょまえに腕まくりなんかして、

「っしゃーこらぁ！」とカナリアのような美声で雄叫びをあげた。

「ひかりさん、ガラ悪いっすね」

「あれ、翔ちゃんの真似だよー」

「おれぇ？　俺はもっと上品だぜ。なあ、ひかり？」

同意を求めかがんで覗き込むが、ひかりはさっと逃げてしまった。照れているのか、恥じらっているのか、まだ距離感がつかめない。俺はなれなれしいし、ひかりはよそよそしい。うっかり俺の口真似をするくせに、目すら合わせてもらえないとは、なかなかのツンデレっぷりだ。

「あっ……」

ひかりが小さく声をあげる。見ればだんごのように丸い手が、大きな穴の開いたポイを握りしめていた。かすかに涙の膜を張ったつぶらな瞳が風香に向けられるが、彼女は熱心にスマホをいじっているようで、視線に気づかない。

「どれが欲しいんだよ？」

追加の料金を支払いながら聞くと、ひかりはきょろきょろと風香の様子をうかがいながら、遠慮がちに「あかのやつ、にぴき」と言った。

「まあ、まかせろよ」

意気込んで挑戦するが、結果は惨敗。量産される穴の開いたポイに、きらきらしていたひかりの目が、どんよりと沈んでいく。

「おい、やめろって、その目」

ひかりと俺と、どちらを不憫に思ったのかはわからない。見かねた的屋のおじさんがくれたアドバイスのおかげで、なんとか二匹の和金を捕獲することができた。ひとまず成果物が得られたことに安堵し、「ほら、みろ」と得意げに椀を見せるが、ひかりは不満そうに小首を傾げる。

「やっぱり、もういぴき……」

「強欲っすね、ひかりさん」

呆れてため息をつくが、ひかりはおずおずと「これがいいの、くろのも」と、他よりも一回り大きな黒い金魚を短い指で示した。

「でけえな」

こんなの捕れんのかよ。不安に思うが、コツを得たのか、三回目の挑戦で目当ての一匹も捕獲することができた。金魚袋の中を狭そうに泳ぐ三匹（なんと総額二四〇〇円）、ひかりはとても満足そうだ。

「しょうちゃん」

「ん？」

「ひかりと、ままと、しょうちゃんですよ」

ひかりはなぜか敬語でそう言うと、金魚袋を頬にあてはにかんだ。

「あー……俺？　これ、俺？」

「うん」

「そっかー、俺かー……」

ひかりの言葉を噛みしめると、じわじわと温かいものが胸を満たしていった。どうしよう、めちゃくちゃうれしい。風香とひかりの日常に、俺、入っていいんだ。入れてくれるんだ。

「今ぽちった！」

興奮した様子の風香が、ネット通販の支払い完了画面を見せてくる。ずいぶん真剣にスマホをいじっていると思ったら、金魚の飼い方を調べていたらしい。突き出された画面を人差し指でスクロールすると、水槽やらエアーポンプやら水草やらが並んでいた。

「ずいぶん……でかい水槽を買ったんだな」

「え？　だって」

風香がその先を言う前に、「みしてー」とひかりが彼女の袖を引く。「だって」の先は、聞かなくてもわかる気がした。風香も最初から、一匹だけ飼うつもりはなかったのだろう。

やがて、明かりがともっている屋台の方が少なくなっても、ひかりは帰りたがらなかった。「もうちょっと、もうちょっと」と地面に縫い留められたように動こうとしないひかりに、「また来年来ればいいじゃん」と言ったのは俺だ。

アパートまでの帰り道、遊び疲れたひかりは、電池が切れたように俺の背中で眠っていた。背中から伝わってくる体温に、どちらのものかわからない汗が滲む。

焼きそばの匂いを含んだ、ねっとりとした夜風が肌をなでる。提灯の明かりが完全に失われ、辺りが真っ暗な闇に包まれた頃、それまで黙っていた風香が唐突に、「あたしね」と切り出した。

「ん？」

「あたし、誰かとお祭り来るの、初めてだったの」

静かにそう言って、顔の高さまで持ち上げた金魚をじっと見つめる。

「誰かと？」

「うん。だから、一人で来たことはあるの。中学の時」

なんで？　とっさに飛び出しかけた言葉を飲み込む。もともと俺は気になるとなんでも訊ねてしまうタイプなのだが、風香は話すペースを乱されると、黙ってしまう女だった。話したくなくなるというよりも、こちらの質問に答えているうちに、なにを話そうとしていたかを見失ってしまうらしい。

「うち、なんていうか、あんまりいい家庭じゃなかったし。あたし、友達とか、作るの苦手だったし。だから、ひとりで……」

体育館で共に過ごした思い出が頭を掠める。確かに人がよりつきそうなタイプではない。

「それで、ありったけのお金を握りしめて来てみて、すごくわくわくして、りんご飴も、おいしくて。でも……当たり前なんだけど、みんな、誰かと一緒に来てるんだなあって。これだけ人がぎゅうぎゅうで、なのに、あたしがいなくなっても、探してくれる人、誰もいないんだなって思ったら、なんか、ほら。はぐれることもできないんだなって。思ったら、ほら。ほら、ね？」

ほら。続かない言葉を何度も繰り返して、結局風香は口を閉じた。

人ごみの中で一人、つややかなりんご飴を持って、立ち尽くしている風香の姿が浮かんだ。想像の中の彼女は、そんなわけはないのに、よれよれの体操着を着ていた。太く書かれた丸文字の大崎風香の名前。誰か見つけてくれと全身で叫んでいる。それなのに、ひっきりなしに流れる迷子のアナウンスは、決して彼女の名前を呼ばない。

「だから今日あたし、すごくうれしくて。ひかりがどこにも行かないように手をつないで、翔ちゃんが、ほら、たまに振り返ってくれて。はぐれちゃいけない人がいるのって、ほら、ね？」

「また来年、来ればいいじゃん」

「うん」

「はぐれたら探すよ、俺。ちゃんと探す」

「……うん」

真っ暗な道路に光が膨らんだ。わき道から左折してきた車のヘッドライトが、風香の横顔を照らす。目を細めた風香の表情は、涙をこらえているように見えた。こらえた涙の理由を探ろうとする前に、彼女の口元に静かな笑みが広がっていく。

どちらからともなく手をつないだ。じっとりと汗の浮いた手だった。風香を安心させるつもりで手を取ったのに、つないだ途端、安心感に包まれたのは俺の方だった。

風香につきあおうと言ったことはないし、風香も、俺たちの関係を言葉にしたことはない。

だけどもし、いつからつきあっているのかと誰かに訊かれたら、俺はきっとあの、夏祭りの日からだと答える。

風香にとっても、あの日のことは大切な思い出になっているのだろうか。アイコンにするほど。そう思うと、胸にぐっとくるものがあった。その勢いに背中を押されるように、指が自然に文字を打つ。

――好きな時間に来いよ。


インターホンの音で目が覚めた。手探りでスマホを探しあてると、時刻は十一時少し前。よく見れば、「今家を出ましたー」という風香からのメッセージも届いていた。「出迎えてくれる感じがいいんだよ」と風香は毎度ゆずらない。合鍵を渡しているのだから、勝手に入れといつも言っているのに。

覗き穴から見ると、すでに風香とひかりが手を振っていた。思わず緩んだ口元を押さえ、ドアを開ける。ぶかぶかの黄色いレインコートを着たひかりがあいさつもそこそこに、「マリオカートしよー!」とハンドルを握るジェスチャーをした。レインコートを脱がせる風香が「ちょっと、ひかり暴れないでー」と文句を言う。狭い玄関が水浸しになっていく。

「ごめんね、床、あとでちゃんと拭くから」

「あー、いいよ、別に」

傍にあった手ぬぐいを床に放り、つま先で簡単に拭く。「さすが、元サッカー部は足が器用だねえ」と感心したように風香が言った。

「足癖が悪いだけなんだけど」

笑うと、風香もほっとしたように笑顔を見せた。ぱんぱんになったエコバッグを顔の前に掲げ、「ラーメンの材料買ってきた。台所借りるね」と言う。

リビングに駆け込んだひかりはさっそく、手慣れた動作でゲームのスイッチを入れた。俺の分のコントローラーを持つと「あぐらして？」と小首を傾げる。あざとい仕草だ。俺が嫌がるのをわかってて言うんだから。

「それ、足しびれるからイヤなんだよなー」

「まあそういわずに。おねがいしますよ」

無理やりかかされたあぐらの穴に、ひかりの肉付きのよい尻がずぽりと埋まる。開始早々、ゲームのキャラクターにシンクロして、ひかり自身も右に左に上にくねくね暴れ出した。アイテムを獲得するたびに小ぶりの石頭が顎を打つ。

「おい、ひかり、顎いてえから暴れるな」

「ひかりもあたまいたいからおあいこだね」

五歳になったひかりは、一年前に比べるとずいぶん口が達者になった。もともとの性格を隠さなくなったのか。おしゃべりに成長したのか。それとも年頃なのか。

マシンをクラッシュさせたひかりが、「マジかよ！　ざけんなし！」と天を仰ぐ。この一年の間に、俺の乱暴な言葉遣いもしっかり継承してしまっている。

たった一年か、と、思う。例えばこのまま風香と別れることになったとして、あっというまに過ぎた日々は、ひかりの中に残るのだろうか。無理やりあぐらの中に収まったことも、金魚をすくったことも、いつか別の誰かに上書きされるのだろう。その誰かの影響を受けて、ひかりの口癖も、性格も変わっていく。

「ちょっと、休憩」

「えー！」

いつかひかりも、風香の職業を知る時がくるのだろうか。もしかしたらクソガキがひかりを追い詰めるかもしれない。俺が夏希にしたように。今はスマートフォンがあるし、一度バレてしまえば、簡単に拡散されてしまう。

黒板を見つめたまま、じっと動かなかった夏希。あの時彼はなにを考えていたのだろう。夏希の盛りつけた給食を「気持ち悪くて食べられない」と言った女子がいた。その時彼はなにを思っただろう。母に対して、どう折り合いをつけたのだろう。それはきっとこの先、ひかりの中にも生まれる葛藤なのだ。

足の上にひかりを置いたまま、仰向けに倒れる。首を伸ばすと、逆さになった視界で、台所の風香が、ぽりぽりとおしりをかいていた。

こうして改めて眺めてみても、風俗なんて特殊な職についているようには見えない。そりゃシングルマザーなんだから、それなりに苦労もしてきただろうけど、ほの暗さというか、危うさというか、そういう深い影が風香を覆っているようには見えないし、むしろ風香はいつも明るく笑っていて。もしそれが、全部つよがりなのだとしたら、やりきれない。

「風香！」

「えっ、なに？」

「今日、泊まってくだろ？」

土曜に来る時は大抵、宿泊コースだ。いつもはわざわざ確認するようなことはしないが、今日は明言しないと帰ってしまうような気がした。

きょとん、とした風香が返事をする前に、「あたりまえじゃーん！」とひかりが叫んだ。

風呂から上がると、外の雨音が聞こえるほど室内はしんとしていた。

「ひかり寝た？」

和室に向かって小声で声をかける。しばらく待ってみたが、風香からの返事はない。部屋干ししていたTシャツを剝ぎ取ってかぶり、和室に向かうと、風香は背中を向けてなにかをじっと見つめていた。隣では、ひかりがぐっすりと眠っている。

「風香？」

もう一度声をかけると、風香の肩が小さく跳ね、ようやく振り返った。

「あ……ごめん、これ勝手に見ちゃった」

「社内報？　いいよ。なんも面白いことないけど。それより、こっちこいよ」

風香はひかりを一瞥し、和室のふすまを閉め、座卓の前で体育座りをした。

冷蔵庫から麦茶のボトルを取り出す。「飲むだろ？」と二人分のグラスに注いで戻ると、風香はずいぶん神妙な面持ちで社内報を眺めていた。そんな真面目な読み物ではないはずだけど。

「会社行事の様子とか、連絡事項とか、誰が結婚したとか、異動したとか。

「翔ちゃんのまわりには、いつもいっぱい人がいるね」

風香が見ていたのは、先々月に行われたバーベキューの様子だった。写真の中の俺は、頭に手ぬぐいを巻き、トングをかざしていて、いかにも、というでたちで肉を焼いている。

「俺じゃなくて、肉に集まってんだろ、それ」

「こんなに大勢人がいて、それでもトングを持てるのは、選ばれた人だよ」

「なに言ってんの？」と笑い飛ばすが、風香は笑い返してはくれなかった。写真の中で手ぬぐいを巻いた俺の頭を「楽しそうだなあ」と、親指でなでている。

「だから、くればよかったのに」

年に一度、会社が費用負担して開かれるこのバーベキューは自由参加で、家族サービスと称して一家で参加する社員も多い。散々悩んだ末に風香にも声をかけたのだが、「やめとく」と、断られていた。特に予定はないけどやめておく、というような言い方が気になりはしたが、深く問いただすことはしなかった。

「こういう場所は、憧れるんだけど、そこにあたしが入るのはちょっとこわいっていうか……。でも、ひかりだけでも、連れてってもらえばよかったなあ」

「なにが？　こわいことなんてねーよ」

「うーん、だから、その、大勢人がいるところは苦手……なん、です」

「それだけ？」

煙(けむ)に巻こうとしている気配がして、逃げるように伏せた目と社内報の間に、無理やり顔を突き出す。目があった風香は、観念したように瞬きひとつで頷いた。

「翔ちゃんの同僚や上司の方の中に、もし、お客さんがいたらって。接客したことのある人だったらどうしようって、そういうのも、こわかったよ」

突然、話が核心に触れた。風香が社内報を置き、足の前で腕を組む。

「あたし、翔ちゃんといると、世界とつながってるなって、実感するんだよ」

「せ、世界？」

球体を描くように、風香の両手が動き、「世界というか、社会？」と首をひねった。

「なんて言えばいいのかなぁ。今までずっと、ひかりと、二人きりの生活で、託児所と、ホテルと、家の往復がほとんどの、すごく狭い毎日で。でも翔ちゃんはいろんなところ……テレビとか、ＳＮＳでしか知らなかったお店に連れてってくれて。それで、当たり前なんだけど、ほんとにこういう華やかな場所、存在してるんだって、そこに、あたしも行っていいんだって、感動するよ。でも同じくらい、びくびくもして」

「客とすれ違うかもって？」

「うーん……。でも、生きるって、こういうことだよなって。あたし一人じゃひかりを、そういうのと、つなげられないいんじゃないかって」

「わかんねーけど、風香もこっちにくればいいじゃん」

風香の瞳が揺れた。その動揺に気づかないふりをして、なるべく明るく続ける。

「やめろよ、そんな仕事」

「今すぐにって、いうわけには……」

「なんで？　まさか借金とか、してる？」

「借金はないよ、ないけど、もちろんお金も必要だけど、それだけじゃないっていうか」

「金の他に、どんな理由があるんだよ」

「だって、やっぱり、こんなあたしでも、必要としてくれる人がいるから」

「俺より？」

「え？」

「俺より、風香のこと必要としてる男がいる？　いたとして、それはさ、それは、ごめん、浮気と違わねーと思うんだけど」

風香の目が、ゆっくりと大きく見開かれた。「ぜんぜん、違うよ……」と消え入りそうな声で呟く。躊躇ったらなにも言えなくなりそうで、麦茶を一口飲み、一気に言った。

「だってさ、必要としてくれるってなに？　そんなの、風香じゃなくたっていいだろ。男なんてぶっちゃけ、性道具としか見てねえよ。いいように遊ばれて、『必要としてくれる』って、それって、都合よすぎ。だからさ、もっと自分のこと大事にしろよ、俺がちゃんと、働いてんだから。足りねえ分はパートでもなんでも始めりゃあ、」

生きていけんだろ、三人で。勢いで言いかけた言葉が中途半端に止まる。風香がじっとこちらを見ていた。落胆と抵抗が混ざりあった、だけど、こちらの息がつまるような強い視線だった。

「ちゃんと、って？」

「え？」

「あたし、ちゃんと、してない？」

風香の表情が、悲しそうに歪む。今、並べた言葉のどれが、彼女を傷つけたのかがわからなかった。俺はただ、どれだけ風香のことを大切にしているかを、伝えたかった。風俗嬢を性道具としか見てないタケさんみたいなヤツと、俺は違うと。

「ちゃんと……ちゃんとっていうか、だって、胸を張れる仕事じゃないのはわかってるだろ？いつまでも続けられないってことも。ひかりだっていつか……知った時は、きっと傷つく」

黒板を見つめる夏希の後ろ姿が浮かぶ。その背中がひかりと重なって、たまらない気持ちになった。

「……わかってる。わかってるけど、いまは、まだ」

「自分を堕(お)としてまで、ひかりを守ろうとしてること、すごいと思うし、大変だったんだろうと思うけど。でも、いいんだよ、もう自分を安売りしなくて」

「自分を、堕とす……？」

「あ……いや、ごめん違う」

理解を示そうとすればするほど、言いたいのはこれじゃないのだと焦る。その焦りに突き動かされて、また、風香が求めていない言葉を、そうとわかっていて口走ってしまう。口を開く度に舌が乾き、湿り気のない言葉が、本当に伝えたいことから、どんどん遠ざかっていく。

「そんな目で、見ないで」

「えっ、目？」

言われて思わず、指先で目じりを押さえる。

「あたしは、翔ちゃんと対等には、なれないの？」

「対等……？」

対等。対等。舌の上で何度も転がしているうちに「恋人同士の関係に対等もなにもあるかよ」という甘い表面が溶けてなくなり、「風俗やるような女と俺が?」という苦い本音が残る。その言葉を飲み込むのに精いっぱいで、代わる言葉が出てこない。

「わかってるよ、わかってるんだけど……」

なにも言っていないのに、風香はそう言って、立てた両膝の間に顔を埋めた。自分の顔を隠したかったのか、俺を見たくなかったのか。足の前でゆるく重ねられていた腕に、ぎゅっと力がこもる。

「翔ちゃんには、そんな風に、言って欲しくなかったなあ……」

たっぷり間を取ったその声は、今にも泣き出しそうなほど震えていた。

それ以上、なにかを言うことが怖くなった。どれだけ慎重に言葉を選んでも、無意識に風香を傷つけてしまうような気がした。

「風香……」

頭(こうべ)を垂れる風香の首筋に手を伸ばす。じっとりと汗ばんだ肌が指に吸いついた。それだけで、想像してしまう。

この肌に、いったい何人の男が触れたのだろうと。その頻度は、俺とどちらが多いのだろうと。いつも、いつだって、ひかりを起こさないよう気を遣って、会う度にとはいかず、月に一回ほどしかタイミングがない。たとえひと時でも、俺よりも風香に近い男が、他にいる。

風香がうつむいていた顔を上げた。ぷっくりとした肉厚なくちびるが、もの言いたげに半分開いている。その口はこれからも、顔も知らない男のモノをしゃぶり、体中の汗を舐め取り、そして、俺と――キスをする。

首筋に触れていた手が肩におり、どちらのものかわからない汗にすべって、そのまま落ちた。風香のまぶたが、不安そうに揺れる。瞳の奥深くを探るようにじっとこちらを見つめ、なにを見つけたのか、小刻みに首を振った。

「好きなのは、翔ちゃんだけだよ」

「俺だってそうだよ」というかんたんな本音が、胸の奥で「でもお前は俺以外の男ともヤるんだろ」という乱暴な感情に押しつぶされてしまう。

滑り落ちた手で、もう一度風香の腕を強く引く。組んでいた腕がほどけ、だらりとぶらさがった。

俺がどうしてもと言えば、風香は辞めてくれるだろう。無理やり手を引いて「行くな」と言えば、従うだろう。でも、風香が期待しているのは、もっと別の言葉なのだとわかる。わかってしまう。

つかまれた腕をぼんやり見つめながら、「あたしは、ただ」と弱々しく風香はつぶやいた。

「あたしは、ただ、あたしみたいな人の……そばにいたいと思っただけで」

「……風香みたいな人って?」

「みんなの輪から外れたいのに、となりに誰かがいないと不安な人」

その言葉を聞いた瞬間、ぱっと目の前に体育館が広がった。今まで聞こえなかった外の雨が、一斉に耳に流れ込む。ほっとけないよね、あのボール。天井を見上げた風香が言う。

「そんな人、あたしだけだと思ってたの。でも意外と、そういう人多いのかもしれないって。

そう思ったら、一緒にいたくなるの。そうすると、ありがとうって、言ってくれるの。自分を認めてもらえるようで、うれしくて……それの、なにがそんなにいけないことなの？」

心底わからない、というように風香がゆるく首をふった。

風香との間に、深い溝がある。どれだけお互いの言葉を投げ込んでも埋めることができない、深い溝。それればかりか、言葉を交わすたびにどんどん深まっていく。

それを実感した途端、気張っていた全身の力が、水が流れるように緩やかにこぼれていった。風香の腕をつかんでいた右手がするりと抜ける。抵抗のない腕は、簡単にほどけていく。支えを失くした風香の手が、こつっと音を立てて床に落ちた。もう一度握り返す気には、なれなかった。

しんとした室内に、屋根を叩く雨の音が響く。とん、とん。子どもをあやすように、背中を押すように。出会った時と同じようなやさしいリズムで、雨は降り続けている。

ひかり

太陽がぼとりと落ちた。ような気がした。

ここは翔ちゃんちのリビングで、今は夜だけど、そのくらい唐突に、さっきまで光がさしていた目の前が真っ暗になった。その明暗差に目の前がくらくらしている間に、「ごめん、無理だ」と翔ちゃんは同じ言葉を繰り返して、「風香とは、続けられない」と絞り出すように言った。

別れたい、別れよう、ではなく、続けられない。その微妙な言いまわしが、翔ちゃんの葛藤だとわかって、逃げずに向き合ってくれたのだとわかって、だから、よけいに、本当にダメなんだ、と思った。あたしが風俗で働くの、そんなイヤなんだ、と。

「でも、お祭りは……?」

「え?」

「今年も、って。三人でって。約束、したよ。来月だよ。……忘れちゃった?」

翔ちゃんの顔がゆっくりと歪んでいく。一瞬だけひかりの寝ている和室を見て、「忘れねえだろ」とうなだれた。お風呂上がり、乾ききっていない翔ちゃんの髪から、ぽた、としずくが落ちる。表情が見えない。「ごめん」と小さな声が聞こえた。翔ちゃんが謝ることじゃない。悪いのは、たぶん、あたしの方だ。

ひかりが楽しみにしていて。ひかりになんて言えば。ひかりが悲しむから。

ここでひかりを引き合いに出すのはずるい。わかっているのに、頭に浮かぶのはそればかりで、力の入らない口元から卑怯な言葉が漏れないよう手で押さえてしまうと、遅れてやってきた「イヤだ」も「別れたくない」も「一緒にいたい」も、全部、言えなくなった。

目の前の暗さにあたしはまだ慣れなくて。そうしているうちにどんどん暗くなって。この部屋って、こんなに暗かったっけ、って。まるで夜の公園に一人、置いてきぼりにされたような、そんな、心細さで。

手をつないで帰った去年の夏祭り。街灯のない夜道だって、ぜんぜん暗くなかったのに。

夕飯の片づけを終え、振り返るとひかりがいなかった。

リビングのソファには、あたしのスマホが置き去りになっている。開きっぱなしになっているひらがなパズルのアプリを閉じ、エプロンのポケットにしまって玄関を覗いた。

「あ、ごはん？　あげる？」

水槽を見上げていたひかりが振り返り、「あげるー、だっこー」と、両手を広げた。

下駄箱の上に置いた三十センチほどの水槽は、五歳の彼女がつま先立ちをしても届かない高さにある。中では、青いＬＥＤライトの放つ幻想的な光が、三匹の金魚と水草を照らしていた。

はらりと散ったエサが、ゆっくりと沈んでいく。キスをするように水面をつつく二匹の赤い和金と、一匹の黒い大きな出目金。去年の夏祭り、ひかりにねだられた翔ちゃんがとってくれた金魚だ。今年も三人で行く約束をしていた。

その約束を破ってしまうことも、翔ちゃんにはもう会えないことも、あたしはまだ、ひかりに言えていない。ひかりは彼によく懐いていて、別れた後も、毎週末翔ちゃんちに行きたがった。

ああ、でも、先週は聞かれなかったな。こうして少しずつ、彼女の中から翔ちゃんの存在が消えてくれればいいのに。再来週の夏祭りだって、雨で中止になればいいのに。

「ママー、ピコピコいうよ」

「え？　あ、ほんとだ」

ピコン、ピコン、とポケットの中でスマホが軽快な音を鳴らしている。なにかの通知音のようだけど、鳴り止む様子がない。壊れてしまっただろうか。その異常な量に驚き、あわててひかりを下ろしてロックを解除する。

——生駒正義さんがあなたをフォローしました。

——やっと見つけたよ。

——別れたんだね、賢明。

——いい加減わかった？　ほたるのことを受け入れられるのはボクだけだって。

ぞわぞわと悪寒が背中を走った。アカウントをロックしたいのに、指先が凍りついて動かない。メッセージに触れた親指から、虫が這うように腕へ、全身へ、鳥肌が広がっていく。なんで、どうして、バレたの。彼がこのアカウントに、辿りつけるわけないのに。別れたって、翔ちゃんのこと？　なんでそんなこと、知って——。

ピーンポーーーン。

突然のインターホンに、心臓が跳ねる。いつの間にか、スマホの通知は止んでいた。ドアの向こうは不気味なほど静かで、あまりに静かで、よけいに人の気配を感じてしまう。誰かがドアに頬をはりつけ、息をひそめてドアスコープから覗いてるような気がして、とっさに覗き穴を手で覆い、鍵が閉まっていることを何度も確認した。

スマホが派手な音を立てて落ちた。その衝撃で画面がつく。表示された時間は、二十時四十三分。こんな時間に来るのは、宅配便か、翔ちゃんしかいない。でも翔ちゃんは、もう来ない。

「ママ、ママ、しょうちゃん？　しょうちゃんじゃない？」

「しっ、静かに――」

ガコン。お腹の高さにあるポストが音を立てた。とつぜんのことに「ひゃっ」と尻もちをつく。足が震えて、力が入らない。「静かに、静かに」と繰り返し、四つん這いのままリビングに戻った。直接ドアスコープをのぞくのが怖かった。モニター越しなら少しだけ、恐怖が薄れる気がした。壁に手をつき立ち上がる。

玄関先をとらえたカメラには、誰も映っていなかった。

「ママ？」

恐怖が伝染したのか、ひかりの声にも不安が混じる。「ここにいて」と頭をなで、リビングの戸を閉めると玄関に戻った。

おそるおそる、ポストに手を入れる。

指先にまとわりつく、どろりと生暖かい感触。よく知った感触が、指の先から股へ、つうぅっと零れていく。

引き上げた手の中で、質量のあるぬらぬらとしたコンドームが、生臭い匂いを放っていた。

あたしはずっと、明るい場所を探していたような気がする。太陽が照りつける校庭とか、おしゃれな照明に満ちたカフェテラスとか、大声で笑いあう教室とか、玄関のドアを開けた時にあふれる家の明かりとか。

でもそういう場所はあたしには似合わないし、行けば誰かに迷惑な顔をされる気がして、探して、見つけても、逃げた。真っ暗でも前は見えないけど、眩しすぎてもどうせ見えない。なのに、探すのをやめられない。

中学三年生の夏、その日もあたしは街灯の少ない公園のブランコに座り、通学カバンを抱いていて、明るい場所を目で追っていた。

夜が深くなるにつれ、公園には誰もいなくなり、遠くのマンションのぽつぽつとした明かりが目立つようになった。見つけては、思い知らされる。その明かりのひとつひとつが誰かにとっての帰る場所で、みんなが当たり前のように持っている光を、あたしだけが持っていないんだ、って。

遠くの暗闇に、ぼうっとした光が浮かび上がったのはその時だ。ゆっくりと点滅を繰り返す光は、ふよふよと揺れていて、まるで蛍のようで、そのくらいの光なら、あたしが欲しがっても、許されるんじゃないかって思った。

その光がだんだんと大きくなる。こっちに近づいているんだ、と気づくのと、光の持ち主が「あ」と小さく声をあげ、あたしを照らしたのは同時だった。

「大崎さん?」

すらっとした影が、意外そうにあたしを呼ぶ。まぶしい。よく見えない。でも、女性にしては少し低い声と、ゆったりとしたしゃべり方には、聞き覚えがある。光に目がなれてくると、ゆったりめの白いシャツと、デニムパンツをはいた女の人が浮かびあがった。

「せんせぇ……」

国語の先生だった。担任でもないし、授業以外で話したこともない。決して親しくはないけれど、この真っ暗な夜の中で、名前を呼んでくれた、それだけで、心にぽっと明かりがともったようだった。

「先生、こんなところで、なにしてるの?」

「それはこっちのセリフだと思う」

先生は不満げに唇をとがらせ、「見回り」と短く答えた。

「えっ、毎日?」

「まさか。お祭りのあとは、花火とか、お酒とか、ハメ外す子が多いからなんだって」

「お祭り……今日、お祭りだったんだ」

「そんなことより大崎さんこそ、こんな夜遅くに、こんな暗いところで」

ゆるく巻かれた長い髪をざっとかき上げ、「帰るところ、ないの?」と先生は続ける。生ぬるい風にのって、ふわりとたばこのにおいがした。

帰るところ。舌の上で転がすと、ぎゅっと胸が痛んだ。

「帰る場所は、ある、けど……」

でも、帰れる場所はない。その違いをうまく伝えられる気がしなくて口ごもると、「家に誰もいないの？」と先生は訊きなおした。

「いるから、帰れないの。仕方ないの」

「仕方ないって……」

先生が顔をしかめる。

仕方ないじゃない。というのは、お母さんの口癖だった。

お母さんは「出張」が多い。まだ離婚したばかり、あたしが小学生一年生だった時は月に一回だった「出張」が、月二回になり、三泊が七泊になり、テーブルの上に置かれるものが、食料から現金になって、今では「出張」している時間の方が長くなっていた。

たまに帰ってきても夜遅く、次の日の朝にはまた出て行ってしまう。真っ暗な部屋に迎えられることにもなれていた。

だから今日、学校帰りに歩道から見上げた家が明るかった時、すごく驚いた。明るい部屋に出迎えてもらうなんて、いつぶりだろうって。玄関前に立つと、夕飯のにおいがして。うれしくて。話したいこともいっぱいあって。朝まで一緒にいられるかなって。おかえりって抱きしめてくれるかなって。そんな期待を、しちゃったから。

ドアを開けた時、そこにあったのは迷惑そうなママの顔だった。リビングから首を伸ばしてこちらを見る、パパによく似た知らない男の人。「ともだちの家に泊まる約束をしてる」というとっさの嘘に、ママが浮かべたほっとした表情。

沈んだ気持ちでマンションを出た。カーテンに映る二つの人影。どの部屋よりも強い光を放っているように見えるその部屋は、まるでその空間だけが昼間であるかのように明るいから、あたしなんかが欲しがっちゃいけないんだって、仕方ないんだって、言い聞かせた。

家に帰れない理由を話すと、先生は「んん」と咳払いをして、宙に円を描くように、ゆっくり懐中電灯をまわした。やがて、照らした先になにかを見つけたかのように、小さく頷く。重い決断をしたというよりは、「まあいっか」となにかを諦めたような、軽いしぐさだった。

「じゃあ、うちに来なさい。近くだから」

「いいの?」

「インスタントラーメンしか、ないけど」

「ラーメン……」

想像しただけで、ぐるる、とお腹が鳴る。先生はふっ、と笑って、「ほらいくよ」とごく自然なしぐさであたしの手を引いた。少し汗ばんだ指は、つなぐというよりも絡むような感じで、そんな風に誰かとつながることがなかったから、少しとまどった。

街灯のない暗い歩道を、先生の懐中電灯が丸く照らす。電池が少ないのか、その光は時々、ふっと途切れ、また、じわーっと浮かびあがる。ほたるに似たその光に夢中になっていると、突然、先生が立ち止まった。

暗闇に目を凝らすと、二階建ての木造アパートがあった。一階部分は何かのお店のようで、シャッターが閉まっている。街灯はあるものの、廊下に明かりはなく、目を凝らさなければ全体がわからないほど、そのアパートは夜に溶け込んでいた。

「すごい……暗い、ボロいね」

先生は眉間にしわをよせ、「悪かったわね」と言った。その言葉で、先生の家なんだとわかる。

「先生」

「ん?」

「また、お邪魔してもいい?」

「お邪魔してから言いなさいよ」

笑って離れていこうとする手を、とっさに指が追いかけた。先生は一瞬だけこちらを見て、懐中電灯を持つもう片方の手で、器用に鍵を取り出した。心を読まれたような気恥ずかしさに手を放そうとすると、今度は先生の方から、「いつでも来なさい」と強く握り返してくれた。触れれば暖かそうなやわらかい光は、まだ先生の手元で、ゆらゆら揺れている。


先生が先生になる前、風俗嬢だったらしい。といううわさを聞いたのは、それからすぐのこと。その仕事がどういうものか、正しくわからなかったけど、うわさするクラスメートの表情は迷惑そうで、でもどこか、楽しそうだった。

その日もあたしは先生の部屋で宿題をしていて、先生は目の前でもくもくと合唱祭の輪飾りを作っていた。ちゃぶ台には、棒状になった色とりどりの折り紙。不器用なのか雑なのか、その太さはまちまちで、立てた膝に顎をのせつなぎ合わせる姿はいかにも億劫そうだ。メイクや髪型をびしっとして仕事に行くママをきれいだと思っていたけれど、先生は学校にいる時より、こうして気だるげにしている方が魅力的だと思う。でもその姿は先生に似合うけど、あまり教師っぽくない。

「先生は、なんで先生になったの？」

「え？　うーん……まともな大人にならなきゃって、思ったのよね」

「まともな大人って、どういう人？」

「どういう人かわからなかったから、一番まともそうな職業を目指したの」

それから少し間を置いて、「まあ、なれなかったけど」と先生はうっすら笑った。笑っているのに、ちっとも楽しそうじゃない。

「あたしも、まともになった方がいい？」

訊くと、先生は少しだけ険しい顔をして、「まともとかまともじゃないとかを、職業で判断するような人になっちゃダメ」と矛盾したことを言った。

「あたしは、先生みたいな大人になりたい」

「教師？　確かに、大崎さんは向いてるかもしれない」

「教師……なのかなあ」

ぴんとこない。先生みたいになりたいということが、教師になりたいということと結びつかない。教師になったとしても、先生みたいにはなれなそうというか、むしろ、興味があるのは――。

まだ切られていない正方形の折り紙を手にとり、「ねえ先生」と訊ねる。さりげなさを意識しすぎたせいで、呼びかける声が少しうわずった。

「風俗って、どんな仕事なの？」

「性サービスを施す仕事」

辞書を引いたような、あっさりとした答えが返ってくる。黄色の折り紙を棒状に切りながら、「その質問、流行ってるの？」と呆れたように続けた。先生のうわさをするクラスメートが浮かび、紙飛行機を折りながら「そうかも」と頷く。

でも一緒にされるのは嫌だ。みんなはきっと、質問をされた先生の反応が見たいだけだ。あたしは、違う。ちゃんと知りたいって思ってる。

「先生、なんで風俗辞めちゃったの？」

「んー……？」

なんで教師になったのかを聞いた時より、ずっと長い時間をかけ、「長く続けられる仕事じゃないからね」とぼんやり言った。

「じゃあなんで、なったの？」

「……今日は攻めるのねえ」

そう言ったきり、先生は押し黙った。

このままはぐらかされちゃうのかな。そう諦めかけた時、先生は手元のハサミに視線を落としたまま、「逃げたかったのよね」とつぶやいた。

「なにから？」

「その時の環境……違うわね、なんていうかな、生き方、みたいな」

それから、切ったばかりの黄色と、黒色の折り紙を並べ、少し距離を空けて手前に置いた灰色の折り紙を指さす。「それまでが灰色だとして」

「一生これが続くのかと思ったら、暗いかもしれないけど、もしかしたら明るいかもしれない方に期待したくなったのよ」

先生はそう言って、黄色と黒の折り紙をピースサインでそれぞれ示した。

「それ、風俗じゃなきゃダメだったの？」

「ダメってことはないけど……ダメだったのね、たぶん」

環境を変えるだけなら、他にも選択肢はあったはずなのに。そんなあたしの疑問を見透かしたように、先生は「家出少女がホームレスにならないためには、即金が必要なわけよ」と肩をすくめた。

「なに色だったの？」

「え？」

「風俗してからの、色」

先生はまた少し黙ると、あたしの作った紙飛行機をひょいと取り上げ、指先の動きだけで飛ばした。真っ白な紙飛行機は灰色も黒も黄色も通り越し、色とりどりの輪飾りの山に潜る。

「色々」

昔を思い出すように遠くに目をやったまま、先生は言った。あたしはただ、頬杖をついた先生の横顔をじっと見つめていた。

その時にはわからなかった先生の言葉が、おぼろげに理解できたのは三年半後。

高校の卒業式を終え、相変わらず薄暗い部屋に出迎えられたあたしは、途方に暮れていた。明日からなにをすればいいのか、わからなくなった。

進学も就職もしない。あんなに居心地が悪い教室でも、そこに行きさえすれば世の中に参加していると思えた。でも、明日からはそれもない。

あたしはいつまでここで、ママを待ち続けるんだろう。

ここはまだ、ママにとっての帰る場所なんだろうか。

もうとっくに「出張先」になっているのではないか。

事務的に振り込まれる生活費。住まい。なにもしなくても、生きることはできる。でも、生きていく理由がない。この部屋ごと、置いてきぼりにされた気分だった。

輪飾りの山に飛び込んだ紙飛行機が頭をよぎったのは、その時だ。物憂げな表情のまま、「色々」と先生がつぶやく。逃げたかった。灰色な環境から。一生これが続くのかと思ったら――次々と先生の言葉が浮かび、勝手に結びついていく。

とにかく人がいるところへ。その一心で向かった、雨上がりの新宿。デジタルサイネージやネオンの光が濡れた地面に乱反射し、上からも下からもカラフルな光が降り注ぐ。ぼんやりと信号待ちをしていると、まぶしいほどの光のかたまりが目の前を通った。

アドトラックが、思わず口ずさんでしまうようなキャッチーなリズムにのせて、「高収入今すぐ稼げる」と誘う。加速したトラックはあっという間に遠ざかり、色とりどりな明かりの一つになった。あの光の元には、いったい、どんな人生が灯っているのだろう。

薄暗い部屋にとどまるくらいなら、少しでも、明るい可能性がある方に、あたしも。

殴られたような鈍い痛みに目を覚ますと、目の前にひかりの足があった。寝かしつけるつもりが、一緒に寝てしまったらしい。さかさまになった寝相を戻し、蹴とばされたタオルケットをかけ直す。

数時間切りっぱなしだったスマートフォンの電源を入れる。息を吹き返した画面には、不気味な量のダイレクトメッセージの通知が表示されていた。

——俺はほたるのすべてを許せるよ。

——そろそろ会う？　ほたるの家の近くにマックあったよね。

——あ、お酒入った方がしゃべりやすい？

何度ブロックをしても、別のアカウントを取り直してはフォローされる。なぜバレたんだろう。源氏名しか知らない彼が、プライベートのTwitterアカウントをフォローできるはずがないのに。

最初はいいお客さんだった。やさしくて、気前が良くて。週に一回ロングで指名してくれて、来るたびにプレゼントを用意してくれた。

雲行きが怪しくなったのは半年前、他の客をとるなと独占欲を見せるようになった頃で、翔ちゃんの存在を知られてからは、さらにエスカレートした。「デリヘルで働いていることを彼氏にバラす」と脅されたのは、翔ちゃんにカミングアウトをする一か月前のことだ。

彼がネットの匿名掲示板であたしの身元を特定しようと躍起になっているのは知っていた。でも、まさか本当に辿り着いてしまうなんて。

警察に届けてもいいのだろうか。けれどまた「自業自得」とか「そんな仕事をしてるから」とか、冷たい目を向けられたら——そう思うと、どうしても踏み出す勇気が持てない。

ひかりを産んですぐの頃、盗撮被害にあったことがある。その時あたしは、母乳・妊婦専門の風俗店で働いていた。

やたらと体位やポジションにこだわるお客さんで、ちらちらとベッド脇のデジタル時計を気にしていた。あまりに不自然な態度に、彼がトイレに行った隙に時計を調べると、側面にUSBポートやSDカードのスロットを発見した。その場で問い詰めるには、勇気が必要だった。女であるというだけで、分が悪い。逆上されるのが怖かった。

結局、お店にLINEで報告し、「任せて」と入れ違いにホテルに入ったスタッフを信じて、あたしは次の現場に向かった。

「出禁にしたし、データも削除させたから。だからもう、気にしないで」

安心して、でも、大丈夫、でもなく、気にしないで。スタッフは笑って、あたしの肩に手を置いた。

「あいつ、示談金ピンハネしてるよ」

待機所でそう教えてくれたのは、妊婦嬢のミカちゃんだった。浅黒い肌にファンデーションを塗りながら、幼い顔に反してハスキーな声が「ジョーシューハン」と続ける。

「あ、あの、でも警察呼んでくれたし……手数料と思えば、仕方ないかなって……」

そうして気持ちの落としどころを用意したのは、裏切られたことに気づきたくなかったからだ。だけどミカちゃんは「警察なんて」と鼻で笑う。

「届けるわけないじゃん。ほんとにデータ消してるかだって怪しいところだよ」

「え、でも……」

「自分の身は、自分で守んなきゃ」

スパンコールのついた派手な鏡に向かって、ミカちゃんはぎゅっと片目をつむった。アイメイクの具合を確認したのかもしれない。でもあたしには、鏡越しにウィンクしてくれたように見えた。

ミカちゃんの言葉は正しい。問い詰めることはできなくても、時計を壊すなり、持ち帰るなりをするべきだった。それができないならせめて、警察には自分で届けるべきだったんだ。

「それで？」

話を聞き終えた電話口の男性警官は言った。「えっ？」と言ったまま、二の句が継げなくなる。電話の向こうで、ぶわりと空気が膨らむ気配がした。それがため息だとわかるのに、数秒かかった。

「示談金もらって、動画消して、円満に解決したんでしょ？　それで、どうしたいの？」

円満？　それで、どうしたいの？

ただ、安心したいだけだ。自分が抱く不安や悔しさを、少しも理解してもらえないことが悲しかった。「大変だったね」と、その一言だけで良かった。それすらも言ってもらえる人がいないということが心細かった。

似たような反応を、役所の相談窓口でもされたことがある。ひとり親家庭の支援について、詳しく話を聞きたかっただけなのだけど、生真面目そうな窓口の彼は、身分を明かした途端に明らかに嫌悪のこもった顔をした。

「なんでそんな仕事を？　子どもがかわいそうでしょう」

本題に入る前から漂う否定の空気に、口を開く勇気をそがれた。なぜ、風俗嬢と聞くとみんな顔色を変えるのだろう。そもそもなんで、相談するために、身分を明かさなきゃならないのだろう。

それからは、身分を明かした時の反応が怖くて、警察も役所も、自分から遠ざけるようになってしまった。今回のストーカーだって、きっと、「そんな仕事してるから」って、言われるだけだ。期待して、むなしい思いをするだけだ。

生駒さんのTwitterアカウントをブロックする。もう何度目かわからない。こんなことで解決できないのはわかるけど、他になにをするべきなのか、相談できる人がいない。

――じゃがスティックのお好み焼き味、復活ってマ？

タイムラインに、翔ちゃんのゆるい投稿が流れてきた。出会った頃「俺、ツイ廃だから」と自嘲した彼は、つきあうようになってから、ツイートする回数が減っていた。それがどういうわけか最近、取るに足らないような投稿が増えたように見える。
マ、って、どういう意味だっけ。マジ？　とかだっけ。
翔ちゃんはいつも、日本語に聞こえないような日本語の意味を、あたしに教えてくれた。Twitterばかりいじっちゃって、他のことに手がつかない人を「ツイ廃」と呼ぶのだということも。

翔ちゃんのフォローを外す。二千人いるフォロワーのうちの一人が外れたところで、どうせ翔ちゃんは気づかない。いいんだ、これで。つながってると思うと頼りたくなっちゃうし、なにより、そこに自分がいないと思うことがつらい。その話題を語り合うことはない。「これうまいんだよなー」とお菓子を買ってきてくれることもない。翔ちゃんの日常に、あたしもひかりも、もういない。

ブロックをして数分も経たないうちに、また大量のメッセージが送られてきた。やはりアカウントを削除するしかないだろうか。でもここには――つきあう前から続いていた翔ちゃんとのやりとりや、ひかりとのなんでもない思い出が詰まっている。

またスマホの電源を切り、うつぶせになる。長く吐いたため息が、まくらに沈んでいった。

どうしよう。

また来たらどうしよう。留守の時に来たらどうしよう。いる時に来たら、もっとどうしよう。アパートの二階じゃ、戸締りをしてもベランダから入ることだって――。

はっと顔を上げる。リビングのカーテンがゆらゆらと揺れていた。血の気が引く。あたし、ベランダの窓、開けっぱなしで。

勢いよく立ち上がり、立てかけたクイックルワイパーを構えた。足が震える。慌てて窓を閉め、暗い窓に映った自分の姿にびくりとした。恐る恐るベランダをのぞく。人影はない。ベランダ、には。でも、うたた寝している隙に、すでに侵入している可能性だって――。

急にちいさな物音のすべてが気になり出した。時計の秒針。隣の部屋から聞こえるテレビの音。酸素を吐き出す水槽の音。あたしの、心臓の音。

「ぎゃあああ！」

ひかりの叫び声。なに。なんで。

「なに！　やだ！　やだなに！　ひかり！」

なに、なに！　悲鳴のように繰り返し、慌てて和室に駆け戻る。

そこには、ひかりしかいなかった。

一瞬呆けた顔でこちらを見たひかりの目に、みるみる涙がたまっていく。

「ゆめ……ゆめ……」

「ゆ、夢？　怖いやつ？　見たの？　もー……」

腰が抜けてその場にへたりこむ。力が入らない。頰に畳のあとをつけたひかりが、四つん這いになってこちらによってきた。膝にのせ、ぎゅっと抱きしめて、深く息を吐く。まだ、心臓がどくどくと脈打っていた。

必死に握りしめていたクイックルワイパーを転がす。馬鹿げてる。こんなもので、戦おうとしてたなんて。あたしはこれからずっと、ありもしない影に怯え続けなければならないのだろうか。

「……なに？　どんな夢見たの？」

「たべられたぁ〜」

「ええ？　誰に？」

「なす……」

ぐずぐずしながら語る夢はよくわからない。どうやらナスのおばけに食べられたらしい。なんで、ナス。それ怖いのかな。食べちゃえばよかったじゃん。その様子を想像すると、少しだけ笑えた。

「大丈夫だよー。ひかりはママが守るからね」

「ママは？」

「え？」

「ママは、だれがまもるの？」

ナスに食べられたのは、あたしの方だったか。

覆いかぶさるようにして、ぎゅっとひかりを抱きしめる。ひかりの涙が滲んで、胸がじんわりと熱を持った。「……ちゃん」ひかりが誰かの名前を呼ぶ。聞こえないふりをして、震えの残る指で、ひかりの寝ぐせをすいた。

「ママのことも、ママが守るよー」

ママは強いからねー。大丈夫。大丈夫。何度も自分に言い聞かせながら、ひかりの背中をなでる。あたししかいない。頼れるあてがないのは、仕方ないことだ。選んだのはあたし。

それでも、たまに、思うことがある。こんな時に先生に会えたらって。先生とあんな別れ方をしなければばって。そうすればもっと、上手に生きられたんじゃないかって。


先生と最後に会ったのは、妊娠をした時。風俗の仕事にも慣れ、それなりにやりがいを持って働いていた時期で、月に一度の性病検査の時に妊娠していることを知った。まず報告するなら先生だって思って、高校を卒業以来、約十ヶ月ぶりに先生のアパートを訪ねた。

日曜の夕方、在宅してそうな時間帯を狙ってきたつもりだったけど、先生は留守だった。帰りを待つか、出直すべきか。アパートの前で悩んでいると、一階の駄菓子屋から「おーい」と先生の声が聞こえてきたから驚いた。

「いらっしゃい」

「先生、もしかして、もう先生じゃないの？」

「いつから？」重ねて尋ねると「四年前くらい？」と先生は自分のことなのに自信なさげに首をひねった。

「大崎さんが中学を卒業した年」

「えー！　そんな前？　なんで言ってくれなかったのー！」

数か月に一度と頻度は減ったけど、高校生になってからも遊びに来ていた。なのに、そんな話になったことは一度もない。

「だってあなた、私が教師かどうかなんて気にしてなかったじゃない」

「それは、そうだけど……でも、じゃあ三年前から駄菓子屋さんしてるの？」

「だから、文房具屋だって」

「だから、って？」

「なんでもない。……店番手伝うようになったのは一昨年とか。大家さんが入院しちゃって。どうせ暇だったから」

「先生って、なんか、あの」

「ん？」

「行き当たりばったりなんだね」

先生がめずらしく「あはは」と声をあげて笑った。なんだかすごく機嫌がよさそうに見える。

「先生、いいことあったの？」

「ん？　んー……あなたが来てくれたのは、いいことね」

「えっ、ほんと？」

「ほんと。そこのコーラとアイス取って、バニラの。二つずつ」

缶の方ね、と付け足し、先生はレジの奥にある和室に引っ込んだ。やがて戻ってきた先生は、氷の入ったグラスを手に、「豪勢にいこう」と手招きをする。

「お店空けて、大丈夫なの？」

「大丈夫。奥からでも、人が来たかどうかは見えるから」

住居スペースなのか、通された和室の雰囲気は、先生の住む二階とよく似ていた。うながされるままにこたつに潜る。冷たい足の指先が、熱でじんわりほぐれていった。

「前に先生が言ってた、色々の意味、あたしちょっとわかったんだ」

浮かんでこようとするバニラアイスをストローで押し込む。ほの暗いコーラの底に沈んだアイスが、窮屈そうにちいさな泡を飛ばした。

「なんだったかしら、それ？」

「飛行機が輪飾りに着陸した時の……」

「物騒なのか微笑ましいのか」

最初先生は首を捻るだけだったけど、「風俗始めた理由を聞いた時」と言うと、「ああ、紙飛行機」と頷いた。それからコーラを飲みかけ、「えっ？」と勢いよくこちらを振り返る。

「そういうこと？」

「たぶん、そういうこと、です」

頷くと先生はうつむいて、ゴンッとこたつにおでこをぶつけた。コーラフロートが気まずそうに、カラン、と涼し気な音を立てる。

「……私のせい？」

「違う、先生のおかげ」

おかげ。小さく繰り返すと、先生はうつむいていた頭をこちらに向けた。真似してこたつに左頬をつけ、向き合う。先生は大きく息を吸って、吐かないまま頭を起こした。灰皿を引き寄せ、たばこに火をつける。

「あたし、風俗向いてると思うんだ。あまり抵抗もなかったし、それに」

上目づかいに様子をうかがう。目があった先生はわずかに首をかしげて先を促した。

「お客さんがリピートしてくれると、生きてていいんだ、って安心できるの」

言うつもりのなかったことを口にすると、ふと思い出す記憶があった。

関西出身だという五十代前半くらいのその男性は、プレイ後「帰りとうない」と言った。てっきり独り身なのかと思って、「一人、さみしい？」と尋ねると、「一人じゃないから、帰りとうないんよー」と、枯れた笑い声をあげた。

「嫁とー、娘二人おってなー。居場所がないっちゅうか、肩身狭いっちゅうかなぁ。帰ってもー、こー、迷惑そうにされんで。寝たふりとかな」

あたしは彼の胸に頭をのせ、しゃべる度に伝わる振動を感じながら、ただ相槌を打っていた。

穏やかな笑みを浮かべていた彼は一瞬だけ真顔になり、「だれーもいない、暗い家に帰ることがさみしいと思うとったんやけど。独身の時は」と声のトーンを低くした。

「でもなー、なんて言ったら、ええのかなぁ。暗い家に帰るより、家は明るいのに、誰からも待たれてないことの方が、なんちゅうか、なあ……」

うまい言葉が見つからないのか、言い淀む彼に、あたしは「わかる」とだけ言った。明るい家が不安な気持ちは、すごく、よくわかる、と。すると彼は、照れたような静かな笑みを浮かべ「ありがとう」と言った。

常連客になった彼は、会いに来てくれるたびに「ほたるちゃんは俺の、逃げ場。よりどころ」と言ってくれる。あたしは、満たされたのだ。たぶん、生まれて初めて。

風俗をやめたいと思うことはある。変な目で見られたり、乱暴に扱われたり。そんなことはしょっちゅうで、それでも、この世界を一歩でも出たら、もう二度とあたしを必要とする人には出会えないんじゃないかとすら思った。

「大げさかな？　先生」

こたつに頬をつけたまま訊ねると、先生は「わかるよ」と頷いてくれた。

横を向いているせいで、長い前髪が一束、目の前に落ちて流れた。のばされた先生の長い指が、ほつれた髪を耳にかけてくれる。冷たい指なのに、触れた部分が、かっと熱を持った。先生はいつも、こうやって男の人に触っていたのだろうか。

それから先生は何度かあたしの頭をなで、「……辞めたいと思った時に、いつでも辞められるようにしときなさいね」と静かに言った。その手があまりにやさしいから、あたしはうれしくなって「えへへ」としまりのない笑みを浮かべた。

「あ、先生、それでね」

「うん?」

「あたし、妊娠した」

「ええっ? ちょっとそれを早く言いなさいよ」

先生は慌てて咥えていた煙草の火を消し、灰皿を持って立ち上がった。換気扇のスイッチを入れ、あたしから顔をそむけて、残った煙をふーっと吐き出す。

「相手の男性は、あなたの仕事を知ってるの?」

「相手って?」

「父親になる人。まだ言っていない?」

「父親?」

一瞬、先生の言っている意味がわからなかった。かき混ぜるたびにコーラが白く濁っていく。細かな気泡が昇っていく様子を見つめているうちに、そうか父親、と当たり前すぎることに気づいた。

「わかんない。どのお客さんか」

「あなた……もしかして、本番行為でお客さんを取ってたの?」

「え? うん、でも」

みんなやってるし、お金はもらってないし。続ければ続けるほど、先生の表情が、こわばっていく。伝わってくる緊張感に、あたしはなにも言えなくなった。

だって、それがいけないことなんて、誰も教えてはくれなかったから。

「ご、ごめんなさい、でも、あたし」

お金のためじゃない。楽だからでもない。ただ、あたしなんかが求められて、与えられるものがあることがうれしかっただけだ。でもそれを言ったところで、こわばった先生の表情がほどけるとは思えなかった。

「今、何週目？」

「え」

突然変わる話題に、頭が追いつかない。先生の視線は、まだなんの変化もないあたしのお腹に落ちたまま、目を合わせてくれない。

「なんでそんなこと訊くの？」

信じられない気持ちで先生を見た。先生の眉間のしわがどんどん深くなる。言葉を選んでいる。でもきっと、どんな言葉も、あたしが望んでいるものではない。

「おろすなら、一刻も早い方がいい」

ストローの先で、底に押し込んだアイスがずるりとすべった。勢いよく浮いた拍子に白く濁ったコーラが溢れ出し、グラスの外側を伝ってたらりと流れる。先生がそれ以上言う前に、

「い、いやだよ」と慌てて言った。

「あ、あたし、この仕事してると、生きてていいんだって思えるの。なのに、同じくらい、なんのために生きてるんだろうって思うの」

夜の世界は居心地がいい。良くも悪くもなにも訊かれない。今までなにをしていたのか。こ

れからどうしたいのか。あたしが何者なのか。過去と今と未来が地続きでなければいけない昼の世界とは違う。その時々を切り出しつなぎ合わせたような世界は、まるでおとぎ話の中にいる気分で、現実感がなくて、同時に、いつ終わってもいいと思えた。未来や将来なんて明るいはずの言葉は、あたしにとって不安でしかなかったから。

　でも妊娠を知った時、初めて未来を想像した。

　この子が生まれたら、広い部屋に引っ越そう。一緒にいられる時間を増やすために、今は少しでも稼ごう。誕生日には毎年、ホールケーキとプレゼントと一緒に、記念写真を撮って。遊園地に行きたい。ペアルックもしたい。先生が作ってくれたラーメンをあたしも作ってあげたい。やって欲しかったことも、やってもらえなかったことも、全部。

「はじめて、生きるのが楽しみになったの」

　先生の表情が、なにかの痛みに耐えるように歪んだ。

　わかるよって言ってよ。大丈夫って言ってよ。それが聞きたくて、あたしはここに来た。あたしを信じてくれるのは、先生しかない。

「あなたが思っている以上に、風当たりは強いの。ましてや、シングルマザーなんて……」

　ふっと目を逸らして、先生は言った。

「そんなの、全然平気だよ。慣れたよ、あたし」

「あなただけの問題じゃない」

　あなたは全然、わかってない。はっきりと先生が告げた言葉は、火照(ほて)っていた心の真ん中に落とされた氷のようだった。じわじわと広がるその冷たさに、胸も、身体も凍りつく。

「お腹の子が大きくなった時、あなたの仕事が原因でつらい思いをするかもしれない。いじめにあうかもしれない。その仕事を続ける限り、偏見も、困難もつきまとう」

先生の言うことは、きっと正しい。頭ではわかっていた。でも正しいだけで、先生らしくない。いつもはもっと、躊躇いだらけなのに。あたしが質問すれば先生はいつも、言いかけたことを何度も飲み込んで、必要以上に時間をかけて考えてくれた。

でも今は違う。不自然なほど躊躇いがない。迷いがないわけではなく、もうとっくの昔に散々迷って、すでに辿り着いた問題の答えを、ただ口にしているような。

大変なんて、わかってる。大変だから、二人で生きていくためにどうすればいいかを、あたしは話したいのに。大変だから産んじゃダメって、そんなのおかしいよ。

「それって、風俗嬢の子どもはみんな生まれないほうがいいってこと？」

「そんなこと……言ってない」

「だって、じゃあ、誰の話をしてるの？」

先生ははっとしたように大きく目を見開いて、何度か喉を鳴らした。

なんでこっちを見てくれないの、先生。

「今、風俗嬢の話なんかしてない……あたしの話だよ、先生」

先生はなにかを言いかけて、それを抑え込むように、口元を右手で覆った。やがて、「ごめんなさい」と呻くような声が、指の間から漏れて聞こえる。それきり先生は黙ってしまって、居心地の悪くなったあたしは、身支度をして席を立った。冷たい手が手首に絡む。とっさに逃げるように引くと、強い力でつかみ直された。

「大崎さん、待って、ごめんなさい」

「いや」

「お願い、話をきいて」

「いや！」

大きな声を出した瞬間、ふつふつと熱い苛立ちが込み上げてきた。

「だって先生、どうやってあたしを説得しようかって、そればっかり考えてる」

息を呑む気配が伝わってきた。痛いほどの視線も感じる。でも顔を上げることができない。追っては逃げられ、逃げては追われ、視線はずっとすれ違ったまま。

「あたし、しあわせになるの」

つかまれた手が震えていた。なぜかその震えが弱みになるような気がして、バレちゃいけない気がして、思い切り振り払った。

店と和室をつなぐかまちを跳ぶように跨いで、逃げるように走って店を出た。後ろから「あ、安静にしないと……」と言う声が聞こえ、その矛盾に笑いそうになった。おろして欲しいんじゃないの、先生。

どれくらい走ったのか、辺りはすでにうす暗く、夕焼けチャイムが聞こえてきた。肌を刺すような冬の鋭い風が吹き、どこからか、夕食のにおいがする。

握りしめた手をとき、じっと見つめた。

震えていたのは、先生の方だったのかもしれない、と思った。

マンションの一室にある託児所は、今日も騒がしかった。二十畳ほどのワンフロアに、二人のスタッフと、年齢も性別もバラバラな十人の子どもが押し込まれている。ベビーベッドやテレビ、おむつや粉ミルクなどの消耗品も完備されていて、床にはプラスチック製のおもちゃに混じって、クレベリンが転がっていた。

「ひかり、今日は十八時にお迎えにくるから」

つないだ手をゆらゆらさせる。だけどひかりは口をすぼめて、もじもじとするだけだ。どうも今日は口数が少ない。昨日のナスの悪夢をまだ引きずっているみたいだ。仲のいいお友達が今日来ていればと思ったけど、室内を見まわしても見知った子はいない。

ふとその時、アニメを見ながらひかりがぽつりとこぼした「しんちゃんはまいにち、おんなじおともだちとあそんでるねえ」という言葉を思い出した。たまらない気持ちになって、食後のプリンにアイスを添えたことを覚えている。

ひかりが通うこの託児所は、あたしが在籍する風俗店が提携しているところで、五日前までに連絡し、空きがあれば受け入れてもらえる。そんなシステムだから、ドアを開けるまで誰がいるのかわからない。母親のシフトによって会えるお友達は違うし、せっかく仲良くなった子と、「また遊ぼうね」と言ったきり、二度と会えないことだってある。いろんな事情で入店し、人知れず去っていく風俗業界で、突然の別れなんて日常で、そんなことを繰り返しているうちに、ひかりは誰にも、「またね」と言わなくなった。

「ひかり、ママお仕事行かなきゃ」

中腰になって背中を押す。ひかりは「いや」と小さく声をあげた。

「ひかりー……今日はどうしたの？」

見ればひかりの目には、こぼれんばかりの涙が浮かんでいた。え、なんで？　驚いてしゃがみこむ。ひかりはふがふがと言葉にならない声で呻き、なでるあたしの手を自分の耳にあてた。そういえば翔ちゃんはいつも、ひかりをあやすとき、大きな両手で耳を包んでいたな。「泣き顔ってぶさかわいいよなー」と彼女が泣き止むまでげらげら笑うものだから、余計に泣かすこともあった。あたしが小言を言うと、決まって翔ちゃんは、「いいんだよ。こういうのは、流しっぱなしにした方がさ」と肩をすくめる。

ひかりは自分で持っていったあたしの手を、勢いよく下に向かって振り払った。「この手じゃない」とでも言うように。

別れに慣れたひかりにとって、翔ちゃんは唯一、明日以降も約束されたつながりだったのかもしれない。翔ちゃんがもし、ひかりの父親だったら。あたし達が別れたとしても、もう会えないということはなかったのに。

「ひかりちゃん、そうだよね、お母さんといたいよね」

女性スタッフがひかりの両肩に手を置く。三十代の彼女は今でこそこうして託児所で働いているが、昔は風俗嬢として働いていたらしい。その彼女が、ひかりの両脇に手をいれ、なんとか引きはがそうとしながらアイコンタクトを送ってくれる。

出ていこうとしているのはあたしの方なのに。置いてきぼりにされるような、はぐれてしまうような心細さで胸が苦しくなった。

「ママ、ママ、行かないで」

仕方ないじゃない。という言葉が、喉のすぐそこまで出かかった。ひかりに向けたわけじゃない。自分自身に向けたものだ。

だって仕方ない。全部あたしが選んだことだ。

母親失格なのだろうか――浮かんでしまった不安を早く身体から追い出したくて、「仕方ない」に代わる言葉を探すけれど、「じゃあどうしたらいいの」「どうすればよかったの」と過去の自分に責任をなすりつけるものにしかならない。

どこまでさかのぼればいいんだろう。翔ちゃんにカミングアウトしなければよかった？　つきあわなければよかった？　生駒さんを接客しなければよかった？　数少ない太客なのに？

考えれば考えるほどどんどん過去にさかのぼる。そして最後には、「一刻も早い方がいい」と言った先生の声にたどり着いて、あの時振り払った手をきつく握った。

誰もいないはずの家に明かりがついていた。

なぜ、と思うより早く、中学の頃の記憶が頭をよぎる。カーテンの隙間から漏れ出した光が夜に差し込み、まるでリビングの空間だけが昼間であるような錯覚を起こしたあの日。そこは、あたしの帰る場所ではなかった。

「ママはやく、しんちゃんはじまっちゃうよ～」

アパートの前で足を止めたあたしを、ひかりが強引に引っ張る。朝別れる間際まで泣いていた彼女は、半日の間に機嫌を持ち直したらしい。「あ、うん」と上の空で応えるのと、カーテン越しにぼんやりとした影がうつったのは同時だった。

翔ちゃん？　いや、違う。翔ちゃんに返してもらった合鍵は、ここにある。じゃあ、誰。いや、誰かなんて決まっている。その男は例えば部屋の、のぞき穴から、じっと、あたしの帰りを――。

「ママ！　はじまっちゃうってば！」

「しっ！」

思わず強くなった口調に、ひかりはびくりと肩を震わせた。「近所迷惑だから……」ととってつけた言い訳をし、さらに声を落として「ま、まだ、アニメまで一時間近くあるから」と、十八時三十八分を示すスマホを見せる。まだ時計が読めない彼女は、それでも口を押さえて頷いた。

「どうしよう……」

出てってもらうしかない。ちゃんと話し合えば――いや、言葉が通じないから、こうなった。留守と知ってきたのだろうか。だとしたら、彼はきっと、あたしの出勤シフトをホームページでチェックしている。

ひかりの手を引き、隣接するアパートの駐車場に向かった。まさか聞こえるわけもないだろうけど、砂利を踏む音にも気をつかいながら、黒いワゴンの陰に身を隠す。この位置なら、アパートの入り口が見えた。

「ママー、なんでかくれんぼー……？」

ひかりが不安そうにささやく。「大丈夫」としゃがんで抱き寄せ、ひかりの背の裏で、スマホを操作する。震える指で写メ日記の画面を開いた。いつもどおり、お客さん一人一人への感謝を。そして最後に一文つけ足す。

——このままトモダチの運転で、箱根いってきま〜す！

ぎゅっと目をつむり、ひかりを抱きしめる。大丈夫。大丈夫。唱えるたびに、鼓動が激しくなる。大きく脈打つ心臓が、ごろりと口からこぼれ出そうだ。

どれくらいそうしていたか、遠くで「ガシャン！」となにかが割れる音がした。乱暴にドアが開けられ、中から細すぎるシルエットの男が出てくる。苛立ちにまみれた足音を立て、アパートの階段を下りた。彼はアパートのゴミ捨て場を何度も踏み荒らし、夜に紛れていった。

姿が見えなくなってからも、しばらくその場から動けなかった。ブッ、ブッとスマホが小刻みに振動する。立ち上がろうとした足がかくんと力を失い、駐車場の冷たいコンクリートに手と尻餅をついた。大きく吸った息をゆっくり吐き出し、空を仰ぐ。

スマホの振動が止まらない。異常な量の振動だった。また、大量のダイレクトメッセージの通知が届いているのだろう。

割れるような音はなんだったのだろう。貴重品は無事だろうか。一刻も早く、部屋がどうなっているのか確認したい。せめて、施錠を。でも、ひかりをここに置いていくことと、連れていくのでは、どちらが危険なのかわからない。

鼓動が静まるにつれ、周りの音が聞こえ出す。ようやく、ひかりが泣いていることに気づいた。いったい、いつから。

「ひかり、ひかり……」

必死に腕を伸ばして、ひかりにしがみつく。手のひらに食い込んだ砂利が、ぱらぱらと落ちた。すがるような思いで、「ひかりはママが守るからね」と言うと、ひかりはまた、わっと泣き出した。

家の様子を確認してビジネスホテルに戻ると、ひかりはスマホを握りしめたままベッドの上で眠っていた。ひかりのアニメにかける情熱は強い。いつもなら、YouTubeを見せれば小一時間は集中してくれるのだが、今日は彼女も疲れていたようだ。

まだお風呂に入れてないけど……今日はもういいか。

サンダルを脱ごうとして、つま先が赤黒く染まっていることに気づいた。水槽の破片で切ったのか、足の指が乾いた血で覆われている。なんで家にあがる時、靴脱いじゃったんだろうなあ。

アパートの扉を開けると、床に薄く張られた水面が、リビングからもれた光を受けてきらきらと反射していた。駐車場で聞いた大きな物音は、水槽が落とされた音だった。

素足で水浸しの玄関に踏み入れた時、右足の親指が、ぐにゃりとした感覚を拾った。見れば、赤い金魚が下敷きになっていた。翔ちゃんにとってもらって、ひかりが大切に育てていた金魚。

ひかりを連れて行かなくてよかった。ホテルの浴槽に腰かけ、足の血をシャワーで流しながら思う。どれだけ洗い流しても、踏みつけた金魚の感触が消えない。透明度を増した朱が渦を巻き、排水溝に吸い込まれていく。まるで金魚から流れ出たようだ。

思ったより、傷口が深い。なのに不思議と、痛みは感じなかった。ぐっと親指に力をいれる。押し出された鮮血が白い浴槽に赤い線をひき、ゆっくりと排水溝に向かう様子を、ただ、ぼんやりと見つめた。

なにから、考えればいいのだろう。あの家にはもう帰れない。とにかく、引っ越し先。今の家からできるだけ遠いところで、オートロックで、近くに働けそうな風俗店があるところ。ああ、そうしたら、仕事が先だ。託児所つきのところ。新しいところで、ちゃんと稼げるかな。あたしの年齢で、雇ってもらえるのかな。常連さんはついてきてくれるかな。

でもそこまでして、また見つかってしまったら――また逃げる？　いつまで？　どこまで？　わからない。もう、なにから考えればいいのか。なにに困っているのか。

相変わらず、血は流れている。放っておけば、いつかは止まるのだろうか。もし止まらないのなら、あとどれくらいこうしていれば、あたしの中の血は流れ切るのだろう――。

はっと顔をあげる。急に怖くなって、かかっていたフェイスタオルで足を押さえた。手が震えていた。怖かった。血が止まらないなんて、そんなバカげたことを本気で信じたわけではない。まるで死を望むような思考に至ってしまった、自分が怖くて仕方なかった。

ダメだ。しっかりしなきゃ。ひかりにはあたししかいない。とにかく引っ越し先……違う、働く先を調べなきゃ。

足にタオルをぐるぐる巻きにして、ユニットバスを出る。ひかりの握っていたスマホを取り上げ起動させると、ポップな音楽が流れだした。YouTube ではなく、ゲームアプリで遊んでいたらしい。

「あ……」

ベッドサイドのメモを広げた拍子に、なにかがひらひらと舞って床に落ちた。黄色い短冊。チェックインをする時に、フロントでもらったものだ。「欲しいものとか、なりたいものとか。お願い事を書くの」と説明すると、ひかりは渡された短冊とエントランス脇の笹を見比べ、「しんちゃんでやってたやつだ」と目を輝かせた。

一緒に書くつもりだったのに、もう書き終わっている。よく書けたな、と驚いてから、今手の中で開かれているゲームアプリが、ひらがなパズルだと気づいた。

ひかりの願い事を見るのは少し怖い。できれば叶えてあげたいけれど、『翔ちゃんに会いたい』とか、『三人でお祭りに行きたい』とかだったらと思うと怖い。浮かない心持ちのまま短冊を拾い上げ——書かれた願い事に、音もなく胸を貫かれた。

——ままおたすけてほしい。

「助けて……?」

思わずつぶやいた瞬間、浮かんだのは、カミソリ負けして細かい傷の浮いた翔ちゃんの頬だった。お風呂上がりの彼は、髪の毛から落ちる水滴がシャツを濡らすのも気にせず、「やめろよ、そんな仕事」と言った。次に浮かんだのは、示談金を横領したスタッフ。「だからもう、気にしないで」と押さえつけるように置かれたその時の手の熱さが、じわじわと肩によみがえる。次に、「それで、どうしたいの?」と低い声で尋ねる電話口の警官。侮蔑の混じった視線を向け、「なんでそんな仕事を?」と心底不快そうに言った、役所の男性。最後に、疲れ切った笑みを浮かべたミカちゃんが、「自分の身は、自分で守んなきゃ」と、鏡越しにウィンクをする。

ああそうか。あたしはずっと、助けてって言いたかったんだ。

でもそれを言う資格も相手もいないから、「仕方ない」と自分に言い聞かせていた。

――ままおたすけてほしい。

短冊いっぱいに書かれた大きな字。バランスがとれず、「ほしい」が窮屈そうにつけ足されている。なにを思って書いたのだろう。宛先のないこの願い事を、ひかりは明日、どんな思いで笹に飾るつもりだったのだろう。

Twitterを開く。ひかりの短冊に背中を押されるようにして、震える指で文字を打った。

――風俗で働いてるシングルマザーです。お客さんにストーカーされています。誰か、助けてください。

あとは投稿するだけ、という段階になって、人差し指が恐怖で固まった。

「仕方ない」とつぶやく度に、鉄の杭が周りに降りてくるような気がしていた。誰も頼れる人はいない。期待しても、裏切られるかもしれない。白い目を向けられるかもしれない。望まないことを言われるかもしれない。誰も、助けてくれないかもしれない。でも自分で選んだことなのだから、仕方ない。先回りして諦めれば、それ以上傷つかずにすんだ。自分を責めることで、罪悪感や、後ろめたさをやわらげることもできた。

そうしてできた自己責任の檻に、「どうせ、誰も助けてはくれない」と鍵を閉めたのはあたしだったのだろうか。だとしたらこの檻は、内側からじゃないと開けられない。

大きく深呼吸をする。吐き出す息の勢いにのせ、送信をタップした。

ひかりの隣に転がり、頭からふとんをかぶる。巻き込まれたひかりが、「あつぃぃ……」とうなった。あたしは寒い。恐怖と緊張で、凍ったように指先が冷たかった。

ぎこちないその指で、祈るように短冊とスマホを握る。

誰に祈ればいいかわからない。誰でもいい。届いてください。

お願いします。

誰か。

助けてください。


——ピコン。


両手の中で、くぐもった通知音がした。がばっと跳ね起き、内容を確認する。その前に、続けざまに何件も、何件も通知が届いた。

ピコン。ピコン。ピコン。ピコン。ピコン。ピコン。ピコン——。

次々とリプライやダイレクトメッセージが届く。生駒さんかと思ったが、違った。

「翔ちゃん……」

二千人のフォロワーに向かって、翔ちゃんがリツイートしてくれていた。瞬きするうちに数字が増え、どんどん広がりをみせていく。

どんな理由があったのかはわからない。けれど翔ちゃんは、つきあう前も、つきあってからも、あたしの投稿に対して一度もリツイートしたことがなかった。これが最初で、おそらく最後になるリツイートだ。あたしが一方的に切ったつながり。翔ちゃんは切らずにその糸を伸ばし、顔も名前も知らないみんなとあたしを結びつけてくれる。

つきあっていた頃は、それが怖かった。翔ちゃんのまぶしすぎる世界に加わることも、自分の世界との違いを知ることも、それでいて、どの世界も結局はつながっているのだと、認めることも。今も怖い。でもそれ以上に、誰かとつながっているということが、こんなにも心強い。

汗ばんだ手がスマホを落とさないよう、両手でしっかりと握りしめる。

『こうなるのわかってて稼いでるんすよね？　仕方ない気もしますが』『売春婦が搾取するだけ搾取して、稼げなくなったから被害者面してるってことでおk?』『つらかったでしょう。風俗なんて女性にとってリスクしかありません。辞めるべきです』『いや、警察呼べよ。まず『そんな仕事をしているあなた自身に問題があるのでは?』

そこにあったのは、長い間、視界から遠ざけてきた言葉の数々だった。スクロールする度に体の芯が冷えていく。何度もスマホの電源を切りかけ、それでも、いるかわからない誰かを探す。

ふと目に留まったのは、折り鶴のアイコンだった。

――ff外から失礼します。翔さんの古い友人で、デリヘルでスタッフとして働いています。ストーカートラブルの対処には慣れています。お返事いただけませんか?

そのダイレクトメッセージを読み終えた途端、ぼんやりとした明かりが、冷え切った心にともった気がした。こわばっていた全身がじわじわとほぐれていく。

この感覚を知っている。真っ暗な公園であたしを見つけてくれた、やわらかな、ほたるの光。

「……ママ?」

いつの間に目を覚ましたのだろう。覗き込むひかりの顔が、今にも泣き出しそうに歪んでいた。その顔があまりにも頼りなくて、あたしはとっさに抱きしめようと思った。けれどそれよりも早く、小さな両手があたしの耳元を包む。

なんの予兆もない涙が、すっと流れて落ちた。

涙が溢れそうになっていたのは、ひかりではなく、あたしの方だった。

「ママー、ぶさかわいいねえ……」

言って、ひかりはふんわりと笑った。笑い返したいのに、うまくいかない。涙が溢れて止まらなかった。ごめん、ごめんと言いかけた言葉が、喉元で嗚咽に変わる。

流しっぱなしにしとけばいいんだよ。

小さな手にふさがれた耳の奥で、翔ちゃんの声が聞こえた気がした。

折り鶴を開くとき

『なんでだろ？　趣味かな』

YouTube動画の中で、あごに指先をあてたリコさんは首を傾げて言った。すかさず、『プロ意識どこいった』とテロップが入る。動画の内容はTwitterの質問箱で集めた質問に一つずつ答えるという企画で、先の言葉は『なんで風俗嬢がYouTuberやってるの？』という問いへの回答だった。

『それ言ったら、風俗もYouTubeも生きるのも、ぜんぶ趣味だけど。でも……風俗嬢もYouTuberも人間も、一生懸命やってるよ』

コンコン、と助手席の窓を叩く音がする。見ると、隣に駐車したトラックに挟まれ、窮屈そうに手を振るリコさんがいた。慌てて動画を一時停止し、窓をさげる。

「やほー夏希。こんな真夜中に呼び出しちゃってごめんよ」

「いえ、お久しぶりです。狭いですよね、前出すんでちょっと待ってください」

膝に置かれたバインダーを助手席に放り、エンジンをかける。挟んであった予約票が、窓から流れてきた風にあおられて裏返った。

コンビニから出てきた若い男性が横を通る際、思わず、と言ったようにこちらを一瞥するのがわかった。見惚れるのもわかる。リコさんは美人だ。

すらりとした長身と、ゆるく巻かれたミディアムヘアの茶髪。つり目がちな瞳。はつらつとした口調。動画からそのまままとび出してきたような彼女がそこにいる。今年三十二歳になる彼女の印象は、最後に会った六年ほど前と大きく変わらない。

「今日、助手席でもいい？」

「ああ、つい。すみません。どうぞ」

放ったばかりのバインダーを今度は後部座席に投げ、助手席に置いていたコンビニ袋を膝に移す。「さんきゅー」と乗り込んだリコさんは、後部座席を指差して「変な感じだわ。いつもあっちだったから」と笑った。

「今日出勤？　だよね？　ごめんね、なんか」

「大丈夫ですよ、明日休みなんで。このジャスミンティーまだ好きですか？」

差し出したペットボトルを見て、リコさんは、あ、という顔をした。「ビールの方がよかったですか？」と訊くと、彼女はトートバッグからジャスミンティーと麦茶を取り出しながら、「かぶったわ。夏希、麦茶ばっか飲んでたなって」と笑った。僕のドリンクホルダーにもすでに同じものがあり、つられて笑う。

「あ、これ、もしかして」

コンソールボックスを見てリコさんが言う。そこには僕のスマホが置かれてあった。

「久しぶりに会うからって、わざわざ動画で予習してくれたの？」

「そういうわけではないですけど……というか、開設一年でチャンネル登録十万人てすごすぎでは？」

「ね、もうそろ YouTuber 名乗っても許されるよね？　令和となれば風俗もＳＮＳ活用しないとだからさー」

それはその通りだろう。もともと風俗はインターネットと相性のいい業界だ。特に実店舗がなく、ホームページ上にしか店舗が存在しないデリヘルは、より効率的なWeb集客が求められる。自店舗の出勤シフトを頻繁に更新するだけではなく、他店の女の子の出勤人数は何人か、どんなキャンペーンを予定しているかをチェックするのも、毎日の日課だ。

店の公式Twitterアカウントの運用も集客と採用活動の一環で、安全に遊べること、安心して働けることがわかるような投稿を心がけているのだが、今回リコさんが六年ぶりに連絡をくれたのも、ネタに困ってツイートした写真がきっかけだったらしい。「なんか懐かしくなって」と、雑草の写真のなにを懐かしんだのかはわからないが、彼女が電話をくれたのは、つい一時間前のことだ。

「でも動画の規制厳しくてさー。風○嬢って字幕伏字(ふせじ)にしたり、音声ピー入れたりしても、AIにはバレちゃうらしいし。Googleさん賢くて参りますわ」

「動画、全然いかがわしくないじゃないですか」

「風俗斡旋してるって誤解されちゃうみたいよ」

「あー……それでですかね？　僕最近、やたら消費者金融と転職エージェントの動画広告流れるんですけど」

リコさんは「こーじょりょーぞくってやつよ」と肩をすくめ、僕が買った方のジャスミンティーを飲んだ。

リコさんの動画は確かに風俗にまつわるものだが、だからといって男性向けのアダルトコンテンツではない。性病についてだったり、優良店と悪質店の見分け方だったり、確定申告の書き方だったりと、風俗で働くキャスト向けに配信されているものがほとんどだ。同業者の悩み相談に応じる動画は確かにNGワードの連発だったが（「手コキ指南」とか「カドの立たない本番強要の断り方」とか）、公序良俗を守る上では、むしろ重要な役割があると思える。

「この先Googleがもっと賢くなったら、きっと『LICOchanねる』のよさに気づいてくれますよ」

「はー、気の利くこと言えるようになったじゃん」

「リコさんの教育の賜物じゃないですかね」

「うむ、敬いたまえ」

ふふん、と得意げな笑い方に、懐かしさがこみあげる。彼女は昔から、楽しそうに笑う。

「適当に走らせましょうか。行きたいとこあります？」

「そりゃ海でしょ。ドライブと言ったらさ」

「お台場とか？」

「んー、もっと暗い海がいいね……Hey, Siri. 関東の暗い海は？」

iPhoneに呼びかけ、画面を何度かスクロールしたリコさんは「ほーん」と言った。手慣れた動作でカーナビに目的地をセットする。表示された到着予定時刻に、僕は思わず「えっ」と声を漏らした。

「これ……行って帰ってくるだけで朝になっちゃいますけど」

「よゆーよゆー。思い出話してたらさ、四時間なんてあっという間だって」

「思い出話ですか？」

つい聞き返すと、「なによ、不満？」と、リコさんの方がよっぽど不満そうに唇を尖らせた。慌てて「不満じゃないです、音楽かけます？」と話をそらすと、リコさんは間髪（かんはつ）をいれずに「ＹＯＡＳＯＢＩ」と短く言った。

もちろん思い出話をすることに不満があるわけではない。ただリコさんは、過去ではなく、今の話を聞いて欲しくて僕を呼んだのだと思っていた。

『風俗もYouTubeも生きるのも、ぜんぶ趣味だけど。でも風俗嬢もYouTuberも人間も、一生懸命やってるよ』

先ほどの質問コーナーの動画を再生するのは、今回が初めてではない。僕の記憶が正しければ、続く『好きな人はいる？』という最後の質問で、リコさんは画面に向かって手を出した。

『そりゃ、あなたですよ』

リコさんにしては出来損ないの笑顔。手を出す直前、大きな目がわずかに左右に振れたように見えた。なにかを確認するような視線の揺れの原因を探る前に、『プロ意識再臨』とテロップがつき、動画は終わる。

この動画を最後に、ここ一か月、更新はない。


前を夜行バスが走っていた。視界の悪さが気になり、追い越し車線に出ようとウィンカーを出す。すると、シートによりかかっていたリコさんが突然がばっと起き上がり「大丈夫？　ちゃんとできる？」ときょろきょろまわりを気にし出した。

「……ちなみに僕今、なんの心配されてるんですかね？」

「ちゃんと車線変更できんのかなって。昔、タイミングとれなくて青い顔してたじゃん。いつもわたしが『今！　いけ！』ってさ」

「車線変更できないかもしれない男と、よく四時間もドライブしようと思いましたね」

からかわれたのかと思ったが、どうやら本気で心配していたらしい。無事右車線に移ると、リコさんはほっとしたようにシートに沈んだ。心外だ。

「何年業界にいると思ってるんですか。僕もう店長ですよ」

「いくつになった？」

「二十八です」

「じゃあ初対面から八年？　九年？　はや、こわ」

僕が初めてドライバーとして働いた店に、二十四歳のリコさんは在籍していた。その時にはすでに、出勤シフトを更新した直後に本指名で埋まるほどの売れっ子で、面倒見がよく、誰に対しても分け隔てなく接する彼女は、お客さんはもちろん、スタッフからも慕われていた。

入店直後の僕のこともなにかと目をかけてくれて、「基本ドライバーからキャストに話しかけちゃダメ。でもわかりやすくため息をついてたら声かけて。目安三回」とか「『なんでもない』『大丈夫』を言葉通りにとらえちゃダメ」とか、送迎マニュアルより難解な女心というものを教えてくれたのもリコさんだ。

「今思えば、リコさんあの時からオーラありましたよ」

「なんのオーラよ」

「YouTuber の」

なにそれ、とリコさんが笑い、「今思えば、夏希はただの小僧だったよ」と僕の口調をまねて言った。「ピザのデリバリーと間違ってドライバーの応募してきちゃったんじゃないのって」と続ける。悔しいが、反論はできない。僕だって、「軽油って軽自動車に入れちゃダメなんですね」なんて言うような未成年は採用しないだろう。「この免許偽造じゃねーだろうな？」と訝ったあの時の店長の反応は正しいし、むしろ通りすがりに「いいじゃん、わたしが仕込んであげようか？」と提案したリコさんの方が、よっぽどイカれてたと思う。

「そういえばあの時、どうして僕のこと推してくれたんですか？」

「え？　うーん、なぜかって言われると……事務所の近くに公園あったの覚えてる？」

「あの、やたらと鉄棒ばっかりある公園ですか？」

「そうそう。女子トイレの個室に謎の Twitter アカウントが落書きしてある公園」

「いや、女子トイレの事情は知りませんけど」

リコさんは「まあまあそれはともかく」と話を先に進める。

「接客帰りにコンビニでおろしてもらってさ、その公園の横歩いてたら、あんたがベンチでホームレスっぽい人と草の話してて、なんとなく気になってたのよねえ。それが、理由といえば、理由かな」

「それだけですか？　もうちょっと深い理由とか……」

「深いじゃん。まさかその後小僧が面接にくると思わなかったし、運命じゃん。頭の中で小田和正流れたもん」

「ラブストーリーが突然に始まるやつじゃないですか」

「ぜんぜん始まんなかったね」と、あくび交じりにリコさんが言う。

面接前にリコさんが遭遇したという、その出来事は覚えていた。けれど理由とするほどなにかがあったとは思えない。

あの時僕は、面接までの時間つぶしで公園のベンチに座っていた。六十代くらいのおじさんに声をかけられたのはその時で、暇だったから反応した。最初は、野草のノビルはおいしいとか、毒性のあるタマスダレと誤食して死にかけたとか、そんな話だったと思う。おいしいですよねー、似てますよねーと返しているうちに、いつの間に、彼の小学校時代の初恋話になっていた（ノビルのことを教えてくれたのがその何某子ちゃんだったらしい）。

カラスノエンドウは生でイケるなんつってよ、休み時間こっそり食べてるのーヒミツねーって。でもクラスのやつに食べてんの見つかったらしくて、そいつビンボー人っていじめにあってよ。んでオレ、なんであん時、なんで、助けてやれなかったんだろうなあって。ほんとオレ、いつも、そんなんで、あん時、もうちっと意気地があったら、もうちっと違う人生になってたんかな——そんな話を、約束の時間が来るまでぼんやり聞いていたのだが、そのなにがリコさんの琴線に触れたのかはわからない。

「それで、フォローしたんですか？」

「ん？」

「女子トイレに落書きされてたっていう、アカウント」

「ああ……ははっ」

軽く笑い飛ばして、それきり黙ってしまったリコさんを横目で追うと、彼女は窓に頬杖をついて、無愛想な真夜中の国道に目を向けていた。しばらくしてから、「その時、思ったんだよねえ」とぽつりと言う。意識していないと聞き逃してしまうほど、小さな声だった。

「ひとりごとを誰かに聞いて欲しい時、その時は、この小僧がいいなって」

なるほど、今がその時なわけだ。

なにかあったんですか、と、訊きかけてやめた。なにかなければ、突然連絡なんてしてこないだろうし、六年ぶりに会う元同僚をドライブにも誘わないだろう。それにまだ、彼女はため息を三回もついていない。

「しっかしねぇ、夏希ももう二十八かあ。雑草の話を聞いてた小僧じゃないわけだ」

大人になったのねえ、と、しみじみとしたその言い方は、ほんの少し寂しげだった。時の流れの速さを憂えているようにも聞こえるし、まるで、会いたかったのは今の僕ではないのだと、そう言われているようにも聞こえた。

出会った頃からリコさんはすでに、なんというか、プロだった。もちろん当時の僕にプロの風俗嬢が如何なるものかなんてわからなかったけれど、業界未経験の小僧でも感じるオーラというか、要するに「こりゃモテるな」と思わせる雰囲気が彼女にはあった。

それはなにもブランド物を持っているとか、色恋営業がうまいとかではない。例えば、接客後の車中で必ず、お客さんとのやりとりをノートにつけるだとか、おすすめされたアニメをちゃんと見るとか、ゴルフ好きの常連さんに渡す誕生日プレゼントをリサーチするだとか……そういった、ひとりひとりに対する特別感の演出がうまい。これをしてもらったらうれしいだろうなあと、端から見てても思うし、その特別感はきっと、思いやりとしてお客さんに伝わっているのだと思う。

入店してすぐの頃、そんなリコさんに「楽しそうですね」と言ったことがある。後部座席に転がっていたリコさんは「楽しいよ」と即答した。お客さんが職場や家庭では見せられないような性癖や悩みを、自分だけには見せてくれるのがうれしいのだと言う。

「ありのままの自分を誰にでも見せられたらそれはいいことだけど、壊したくない関係とか、失くしたくない場所であるほど、隠したくなるものでしょ?」

その時僕はリコさんの話を聞きながら、昔先生が言った「とはいえね。そんなの続けてたらいつか壊れちゃうから」という言葉を思い出していた。なんの役割もいらない場所で、利害のまったくない匿名の関係だったら、家庭にも職場にも持ち込めない本音とか、まぁ、性癖とか、素直に吐き出せるじゃない、と。

「そういう本音を見せてもらえると、役に立てたみたいでうれしい。誰かの役に立ってるって実感がないと、やりがいなんて生まれないからさー」

「本音って例えば?」とリコさんに聞いたら、「そりゃ内緒だよ」と頭を小突かれた。その口の堅さも、彼女が求められる理由の一つなのだと思う。

そんなリコさんにも欠点はある。少し、いや、そこそこ、いや、だいぶ酒癖が悪い。

あれは入店から四か月が経った僕の二十歳の誕生日、それを知ったリコさんは、店が閉まったあと「祝おう!」と言って何人かのスタッフやキャストを誘って飲みに連れていってくれた。

この時知ったことだが、僕はお酒に強いらしい。何軒かハシゴし、まだ飲み足りないと騒ぐリコさんを僕に押し付ける形で、他の人たちは帰宅した。普段、ドライバーはキャストと私語厳禁などとのたまいながら、都合の良い話だと思う。やむなくタクシーを探すが、リコさんは、ドライバーなんだからお前が運転しろと言って聞かなかった。

「だから、僕お酒飲んじゃったんですって」

「えー！　なんでよ！　未成年コラ！」

「だから、僕二十歳になっちゃったんですって！」

「えー！　それ早く言いなさいよ！　祝わなきゃ！」

「だから……」

何度も繰り返される押し問答に嫌気が差していると、とろんとした目がようやく「じゃあ公園」と、無限ループから抜け出す意思を見せてくれた。

「こ、公園？」

「事務所の。近くの」

「鉄棒の多いとこ？」

「そう。雑草があるとこ」

「そんなのどこにでも生えてるんですけど……」

そうして徒歩圏内にあるくだんの公園に向かい、足元のおぼつかないリコさんをなんとかベンチに座らせた時、時刻は三時をまわっていた。じわじわと噴き出した汗がシャツに張りつき気持ち悪い。隣に座ったリコさんも「あっつい」と手で煽いでいた。

パンプスを脱いだリコさんは、ふぅーっと細長い息を吐き、ベンチに両足をのせ膝を抱えるようにして空を見上げた。「夜はちょっと暗すぎるくらいがいいよねえ」とのんきに笑って、僕が差し出した水を受け取らず、来る途中一緒に買った缶チューハイに手をのばす。一口飲んだ彼女はふと真顔に戻って、「あ、ってことは、夏生まれ？」と脈絡なく言った。

「は？　ええ……そうですね、八月なんで」

「へえ、それでその名前。夏希が生まれた時の、親の気持ちがよくわかる」

酔っ払いというのは本当に恐ろしいと思う。支離滅裂で、同じ話を延々繰り返していると思ったら、突然ドキッとすることを言うのだから。

「リコさんは？　本名ですか？」

「んー……じゃあ、本名」

たぶん、聞いてはいけないことを聞いたのだろう。降り立った沈黙に、飲むつもりもなかった水の蓋を開ける。なんとなく居心地の悪い空気が流れ、だから、「夏希、なんかおもしろい話してよ」とリコさんが話題を変えようとした時、「またそうやって雑な振りをする」と不満をこぼしながらも、内心ほっとした。

リコさんは沈黙を嫌うのか、たまにこうして、おざなりに話を振ってくる。大して面白くもない僕の話（主に仕事の愚痴）に時折「ばかだねぇー」と大げさに相槌を打ち、まるで、なにか別の感情を吹き飛ばすように笑っていた。

「じゃー……仕事楽しい？」

「楽しいわけないでしょ。毎日怒られるし、トラブルばっかだし、女の子たち、何考えてんのかわかんないし」

「運転下手だし？　あんたさあ、送迎のたびに『今世に思い残すことはないですか』って聞くのやめなさいよ」

「むしろ一筆書いて欲しいくらいです。『夏希の運転でなにかあっても訴えません』」

「なーしてそれで、この業界入ったかね」

「それは子どもの頃母親が……」

勢いで言いかけた口を、水を飲んで塞ぐ。「ちょ、ちょっと」とリコさんがばしばし叩いてきた。叩かれたのは肩なのに、頭まで揺さぶられる力加減だった。

「せっかくフインキ出そうな話、途中でやめないでよ。っていうか、フインキありそうな話するなら、もっとそういうフインキ出してから言いなさいよ」

「出てましたよ雰囲気。深夜に公園のベンチで話すことなんて、子どもの頃の話か仕事の愚痴かの二択でしょ」

しばしの沈黙の後、観念して「母親が、シングルマザーで、僕が高校にあがってすぐくらいまでデリヘルで働いてたんですよ。だから興味本位っていうか」と正直に言うと「はあはあ、はいはい」とリコさんは何度か頷いた。

「グレた？」

「グレはしなかったですけど、ひねくれてましたね」

「それは今もじゃん」

遠慮ない指摘に口ごもると、「親が夜職っていやだった？」と重ねて訊かれ、「いやだったから、ひねくれたんですよ」と笑って答えた。

「今もいや？」

「いやだったら、働いてないです」

「なんでいやじゃなくなったの？」

「中学の先生が……その、昔風俗やってたとかで、いろいろ話を聞いてくれて、すっきりしたっていうか。まあ結局、その人とは、変な別れ方しちゃったんですけど」

「なーに、そっちか」

「そっち？」

「お母さんじゃなくて、先生の方を追っかけて入ってきたってことね」

いや、ととっさに否定の言葉が口をついたものの、結局は飲み込んだ。何かしらの反応をすることでこれ以上先生の話が続くことを避けたかったのだが、「変な別れ方って？」と、リコさんはすでに興味を持ってしまっていた。

「うーん……言いたくないです」

「おーけー了解」

ごめんごめん、とリコさんはすぐに引き下がってくれる。先ほどは強引に踏み込んできたのに。引き際というか、察しがいいのだと思う。しかし彼女はまた、「夏希は、仕事楽しい？」と同じことを聞いてきた。視線を感じて「だから、楽しくないですって」と、横を見ると、空を見上げていると思った彼女はじっとこちらを見ていた。なにか言いたそうな、しかし僕の言葉を待っているような不思議な間に、リコさんため息三回ついたか？　と慌てて振り返るが、意識していなかったせいかどうにも思い出せない。

「えっとー……リコさんとは違うんですよ、僕」

「え、え？　なに？」

「だから、僕、リコさんみたいにはまだ……やりがいとか、そういうのないし。ないけど、でも、リコさんが楽しそうに働いてるの見ると、気持ちが楽になるっていうか、救われるっていうか」

「そうなの？　なんで？」

「なんで……だから、なんか母も昔、それなりに楽しんでやってたのかなって思えるっていうか」

　リコさんが望んでこの仕事をしているのがわかると、ほっとする。売春婦、貧困、かわいそう、反社、必要悪——連想される単語を混ぜて煮詰めた「風俗嬢」のイメージが薄まり、少しずつやさしい色へと変わっていく気がするのだ。

「……夏希はさー、ひねくれてるけど、真っ当な方向にひねくれたよね」

「ひねくれ方に方向性とかあるんですか」

「あるでしょ。正直っていうかさー、変に取り繕わないっていうか、本音でしゃべってるんだなーって。そういうの、いいよね」

「ガキって言われてる気分です」

「えー？　いいじゃん、大人になんてなんないでよ。わたしなんかもう、自分の本音がどこにあるのかもわからないしさ……ねえ、本当にないの？　仕事楽しいと思うこと」

楽しいと言わないと延々繰り返されそうな問答に「ないことはないですけど……」と半ば降参するように言う。

「いつ？」

「い、今とか」

「いま？」

「だから、こうしてリコさんとお酒飲んでるのは楽しいです、って言ってます」

僕としては恥ずかしいセリフを言ったつもりだったのだが、リコさんは憤慨した様子で「仕事って言うな！」と頭を叩いてくる。この酔っ払い！　と叫びたい気持ちをぐっと我慢し、僕は改めて、水を差し出した。

ビービーとけたたましい音が響いて、慌てて呼び出しベルのスイッチを押した。受け取ったばかりのたこ焼きを見つめて悩み、結局、席に立ち寄らずにチャーシュー麺を引き取りに向かう。

平日の深夜だけあって、サービスエリアのフードコートはがらがらだった。振り返ってすぐ、冷水機近くの席でスマホをいじっているリコさんを見つける。その姿が、「ひとりごとを誰かに聞いて欲しい時、その時は、この小僧がいいなって」と言った横顔と重なり、なぜか、二十歳になった夜、しきりに「仕事楽しい？」と聞かれたことを思い出す。あの夜も彼女は、僕に聞いて欲しいなにかがあったのだろうか。

歩み寄ると、こちらに気づきぱっと顔を上げた彼女が「あれ、たこ焼き六個って言わなかったっけ?」と首をひねった。

「僕が二個もらうので。リコさんはこれだけで足りるんですか?」

「んー、食べ終わったら売店寄りたい。海まであとどれくらい? 今買ったらビールぬるくなる?」

「でしたら、着く前に近くのコンビニ寄りますよ。まだ一時間ぐらいかかるんで」

「やったぜ、ありがと。じゃあさ、さっきの明太子のかまぼこだけ買おうよ。おいしそうだった」

頷いた僕に、にっと笑ったリコさんは「マヨネーズ全部かけていい?」と手をのばした。その拍子に耳にかけていたサイドの髪の毛が垂れ、たこ焼きにつきそうになる。

「ゴムいりますか?」

ポケットから髪ゴムを出すと、それを見たリコさんが突然笑い出した。「な、なんですか急に」とうろたえながらも差し出した髪ゴムを、彼女は「ありがとう」と受け取り、「いやー思い出しちゃって」と、長い髪を一つにまとめる。

「夏希が入りたての頃さあ、『ゴム補充しろ』って言われて、髪ゴム大量に買って店長にガチギレされてたよね。めっちゃ落ち込んでて、あれほんとおもしろかったなー。律儀にゴム＝コンドームってメモまでしちゃってさ」

「変なこと思い出さないでくださいよ……」

「あとさ、その直後くらいに、キャストの子にゴム頂戴って言われて、得意げにコンドーム渡して『これで髪結べって?』って笑われてたよね」

「あれは文脈が悪かった」

「あんなんでよく八年も続いたね」

「続いたっていうか、辞めなかっただけですよ」

「辞めたいと思ったことないの？」

「ありますよ」

「どういう時？」

たこ焼きを半分に割ったリコさんが、こちらを見たのがわかった。その視線には応えず、レンゲでスープをすする。「フインキ出ちゃったね」と低いトーンでリコさんが言うから、思わず「雰囲気？」と反応してしまった。

「フインキありそうな話をするフインキが」

「サービスエリアで？」

「夜だしねー」

リコさんは割ったたこ焼きを一個分頬張り、「フインキ出たら、言うしかないね」とおどけた。

これだよなあ、と内心舌を巻く。本人にその気があるのかないのか、リコさんは昔から、話を引き出すのが異様に上手い。テンポよい世間話に返しているうちに、突然核心に迫るような問いが飛んでくる。言い淀んだところを見逃してくれない。昔はその巧みさにも気づきもせず、のせられるままになんでも話して丸裸にされたものだ。

「……動画のネタにしないですか？」

「そんなの、おもしろかったらするよ」

冗談めかしたリコさんの言葉に、肩の力が抜けた。強引に聞いてくるということは、僕は無意識に話してもいいと思っているのだろう。本当に嫌なことであれば、彼女は無理に聞いてこない。

「もうずいぶん昔ですけど……彼女の両親にあいさつに行った時とか、そういう時ですよ。辞めたくなるというか、辞めた方がいいのかなとか、思いましたね、さすがに」

「ごめんね、両親には人材派遣の会社に勤めてるって言ってあるの」って、申し訳なさそうに言われた時。「人材派遣の営業ってどういうお仕事なのかしら？」という彼女のお母さんの問いに、ネットで調べた浅い知識で「メール返したり電話したりお客さん先に人を紹介したりしてます」とぎりぎり嘘ではない返しをした時。そのわだかまりからつい、就職活動中のスタッフに「君はふつうの企業に就職しろよ」と言っちゃった時。「いい人面(づら)して本音では私たちのことふつうじゃないって見下してんだよね」と、それを聞いてしまったらしいキャストの子を傷つけたと知った時。そういう時々にふと、もう辞めようかなと思う気持ちが強くなった。

Ｗｅｂ系の専門学校で同級生として知り合い、卒業してから付き合うようになった若菜(わかな)の両親にあいさつに行ったのは、交際から二年経った二十三歳の時。交際前から早くに結婚したいと言っていた彼女にとっては、将来の婚約者を紹介するような心づもりだったのかもしれない。

「夏希くん、大変申し訳ない」

若菜が突然頭を下げたのは、実家のある仙台に向かう新幹線でのこと。廊下側に座った僕は夜勤明けでうとうとしながら、朝食か昼食かわからないサンドウィッチをぱくついていて、突然の謝罪に、また忘れ物でもしたのかとぼんやり思った。

「なに改まって、どうしたの?」

「あのー……あのねー、両親には、夏希くん、人材派遣会社の営業って言ってあるの」

「あ、ああ……なるほど」

とっさに頷いてから、なるほどってなんだ、頷いてしまっていいのか、と自問する。けれど二つ目のツナサンドを食べ終わっても、他に言葉は浮かばなかった。

「なんで?」と問うほど鈍感ではない。「そりゃそうだね」と言えるほど、大人にもなりきれない。にもかかわらず「人材派遣　営業　一日の流れ」と検索をするだけの要領のよさはしっかりあって、その冷静さが却(かえ)ってむなしく感じられた。

「ごめんね……うちの両親、というかお父さん教職で、頭かたいっていうか。本当のこと言うと、アレだから。変な心配の仕方して、きっと、夏希くんにイヤな思いさせちゃうから」

「うん。わかってるよ」

なんとかそれだけ絞り出すと、若菜はすこしだけほっとしたような顔を見せた。なにがアレで、変な心配がどういうものかはいまいちわからないが、自らがついた嘘に若菜が心を痛めているのはわかっていた。

東京へ帰る日、仙台駅の改札まで見送りに来てくれた若菜のお父さんが、僕の両肩に手を置いて、深々と頭を下げた。

「……お願いだで。ほんに、お願いしますんで」

肩をつかむ手に、ぐっと力がこもった。分厚い手のひらだった。伝わってくる熱があまりに熱いから、返事をすることに迷いが生じ、なんとか絞り出したのは「はあ」と出来損ないの返事だったのに、それでも若菜のお父さんは笑顔をくれた。

この人が今、大事な娘を託そうとしている相手は誰なのだろうかと。学生時代の同級生で、娘とは二年のつきあいで、人材派遣会社に勤めている、愛想ばかりはいい男。風俗店のスタッフだと知っても、この人は同じように手を置いてくれるのだろうか。

行きの新幹線で「ごめん、本当にごめん」と繰り返していた若菜は、帰路ではしきりに「ありがとう」と言った。「ごめん」は聞き流せたのに、「ありがとう」は、言われるたびに重く胸に積みあがり、苦しくなった。その息苦しさから逃れたくて、「俺やっぱり、ご両親に、ちゃんと説明したいんだけど」と、帰宅しコーヒーを淹れる若菜に伝えると、彼女は「まいったな……」と、本当にまいったような顔をした。

「夏希くんのそういう、誠実なとこがすごく好きだし、仕事のことも、私は納得……というか、理解はしてるつもりだよ？　でもわざわざ言わなくてもよくない？　それで丸く収まるんだから。お父さんたちに会うのなんて年に何回もないわけだし、そんなことで夏希くんのこと悪く思われたくない。夏希くんだって、仕事のこと、外野にとやかく言われたくないでしょう？」

それらの言葉が若菜のやさしさだとわかる。若菜が嘘をつくのは僕との関係を守ろうとしてくれているからで、逆に言えばそれは、告げれば関係が終わるかもしれない職業に、僕がついているということで。それは、わかっているけれど。

「で、でも、ご両親は外野じゃないだろ？」

カチ、と、電気ケトルが沸騰を知らせる音を鳴らした。若菜は僕の問いには答えず、「夏希くんも飲むでしょ?」とドリップコーヒーにお湯を注ぐ。話を終わらせようとする雰囲気が伝わってきて、「そりゃ最初はさ」と慌ててキッチンに向かった。

「最初は、抵抗あるかもしれないけど、若菜の両親ならきっとわかってくれるっていうか、わかってもらえるまで、俺、何回でも話すしさ」

「それを、何回やるの?」

「え?」

一瞬、若菜が怒っているのかと思った。けれどミルクを入れ、かき混ぜる彼女はとても穏やかで、出来の悪い生徒に、どうして赤信号を渡っちゃいけないかわかる? と諭すような雰囲気すらあった。

「仮にね? 両親が納得してくれたとして、私の友達にも言うの? もしこの先結婚して、子どもができたら? その子どもに説明する? 学校に通うようになったら? 先生に言う? いじめられたら? クラスメートとその親全員に説明する? ねえ、それ、いつまで続く?」

「それは……」

「いくらやりがいがあるって言っても……立派な職業なんだって、プライド持ってやってても、いくら、そう言ったってさ……それを決めるのは、夏希くんたちじゃないんだよ」

若菜の言葉に、ふと、アイスを食べながら母と並んで歩いた土手の風景が浮かんだ。あの日母は担任の先生に「夏希くんがかわいそう」と言われ、僕はその言葉を、廊下で盗み聞いた。

初対面の男の前で裸になったり、好きでもない人とキスしたり、身体を売ることに慣れても、

「身体を売るなんて」というまわりの声には慣れない。どんなに愛情を持って子どもを育てても、「かわいそう」という世間の視線からは守れない。僕はそれを、よく知っている。

それ以上、若菜になにも言うことができなかった。「ミルクだけいれた」と言って差し出されたマグカップを受け取り、遅れて「あ、ありがとう」と言う。若菜は疲れたように微笑んで、「あーあ……言っちゃった。ごめんね」と言った。謝らなきゃいけないのは、たぶん、僕の方だった。

「まあもう、五年くらい前の話ですけど。あの時が一番、転職を考えましたね」

始めはかいつまんでと遠慮がちに話し始めたものの、気がつけばすべてをリコさんに話していた。黙って話を聞いていたリコさんは話の終わりを察したのか、なるほど、とひとつ頷いて、水を飲んだ。紙コップのふちに、ピンク色の口紅が色づく。

「彼女さんとは？」

「自然消滅って言うのかな……後ろめたく思ってるうちに連絡しにくくなって、向こうからもだんだん来なくなって、という感じです」

その時、仕事を辞めるという選択肢はもちろんあった。でも辞めようと決心する間際にはいつも、「なんとなく将来が不安」と言った横顔や、「彼氏のＤＶで殺されそう」と泣きながら深夜に電話してきた声や、「お金がなくて生きられない」と言った子の手首に残る傷跡——そういうものがぐるぐると頭をめぐるのだ。

そんな話を僕にされても、というのが、最初の頃に抱いた正直な思いだ。ただのいちスタッフに言われたところで、解決できることは少ない。そういうことはもっと頼りになる、例えば家族とか友人とか、場合によっては警察とか役所の人とかに——そう思った時、折り鶴を握りしめた母の、丸まった背中が浮かんだ。

キャストの子たちは別に、僕を選んで相談したわけじゃない。風俗嬢という身分を偽らず相談できる相手が、スタッフである僕しかいなかっただけで。僕が振り払おうとしている手は、母がどこにも伸ばせなかった手と同じ。もし振りほどいたら彼女たちは、誰に、なにに、すがるのか。孤立していこうとする彼女たちのその先を想像することが、僕は怖かった。

僕が黙り込んでいる間、リコさんもなにかを考えている様子で、箸の先でたこ焼きをつついていた。そうだよね、と目を伏せて頷き、それからまたしばらく間を置いて、「だからわたし、YouTube始めたのかもなあ」と呟いた。

「そうなんですか?」

「うーん、わかんないけど……ちょっとでも業界のことみんなに知ってもらいたいって、なんか、最初はそんなこと、カントクと話してた気がする」

「カントク?」

「動画の撮影とか編集とかしてくれてる人。その人が突然、ちょうど二年前くらいかな、Twitterで『一緒にやりませんか?』ってDMくれて」

「業界の人なんですか?」

「ぜんぜん? 風俗で遊んだこともないような、普通のサラリーマン。お小遣い稼ぎに動画始めたって。『リコさんの投稿に感動しました。風俗のこと、誤解してました。もっといろんな人に知ってもらいましょうよ』って感じの。今思うと、やべーやつだね」

「それに返信したリコさんも十分やべーやつだと思いますけど」

「あはは、確かに。まー、うれしかったんだろうね？」

他人事のようにリコさんは首を傾げ、「それでさ、やってみて改めてわかったけど」と、なにかの距離を測るように、胸の前で重ねた両手を横に広げる。

「理解から納得への道のりって、めちゃ遠いよね。意外とさ、ちゃんと話せば理解はしてくれるんだけどさ、その先は……果てしないなあって思う」

「ああ、そういう意味なら、彼女も理解してくれたけど納得してたわけじゃないんだろうし、言わないからって不満がなかったわけでもなかったと思います」

付き合う前から僕の仕事のことを知っていた若菜が、仕事について文句を言ったことは一度もなかった。キャストの相談にのるために、女性と二人きりで飲みに行くこともある。拘束時間は長く、休みも少なく、一緒にいられる時間も少ないのに、たまのデート中も電話やＬＩＮＥでスマホがひっきりなしに鳴る。

僕にとって麻痺したそれらの日常について、彼女がなにを思っていたのかは、今となってはわからない。わかったところで、この仕事を続ける以上、生活を変えることはできなかったと思う。歩み寄るのはいつも彼女の方。理解して、納得をして、それで初めて受け入れることになるのだとしたら、若菜は多分、受け入れていたわけではなく、諦めていただけなのだと思う。

「お店の子に誠実な対応を、って、いいスタッフであろうとすればするほど、自分が不誠実な恋人になっていくような気がしたんですよね」

「夏希が特殊。婚約者に対して誠実になるぶん、嬢を遠ざけるようになるんだよ、ふつうは」リコさんにしては珍しい、決めつけるような言い方に少し驚く。僕は、若菜のことを婚約者と呼んだだろうか。いつにない強い口調に驚いたのは本人も同じだったようで、「ふつう？」と僕が聞き返すと、彼女はとまどうように瞬きをした。言葉を探すように視線をさまよわせ、けれど適当な言葉はどこにも浮かんでいなかったのか、「っていうかさ」と強引に話をそらす。

「そこまでキャストのこと考えてくれる人が店長って、超優良店じゃんね」

変に暗くなってしまった雰囲気を持ち直すために、リコさんはそう言ってくれたのだとわかる。しかし今の僕は素直に喜べなかった。今度は僕の方が目線をうろうろさせ、「それが最近そうでも……」と思わず漏れかけたため息を、水を飲むことで誤魔化す。

「あ、そうか。やっぱお店、調子悪い？」

「う、え？」

「バインダー見ちゃった、ごめん」

「バインダ……あ！　え、いつの間に？」

予約票が挟まれたバインダー。リコさんと会った直後、結局、後部座席に放ったのだったか。予約票の後ろには、緩やかに下降しているここ三か月の売上推移が挟まっていたはずだ。「ごめん、夏希がコンビニのトイレに寄った時」とリコさんが言う。それだけ時間があれば、ゆっくり読み込める程度の資料だ。

「……いくら働く環境がよくても、稼がせてあげられなかったら意味ないですよね」

一度は飲み込んだため息を、結局は吐き出す。リコさんは芝居がかったように「うむ、否定はできぬ」と腕を組んだ後、「理由はわかってるの？」と、今後は真剣な目をして言った。なつかしい。昔もよく、キャストでありながらお店のやり方にアドバイスをする様子を見かけた。彼女の指摘はいつも的確で、だからこそ、プライドの高い当時の店長には受け入れがたいものがあったらしく、結局はそれが原因で、ケンカ別れのように退店してしまったのだけど。

「いいことなんですけど、お客さんたくさんついてた子が何人か卒業しまして」

「人手足りないの？」

「いいえ、求人は順調です。お店のホームページのデザイン変えたのがよかったのかな」

「へえ……あ、ほんとだ。すごいセンスいいね、高級ホテルみたい。女子ウケよさそう」

検索してくれたようで、リコさんは手元のスマホを見ながら言った。

デザイン変更のきっかけは、Ｗｅｂの更新作業を横からのぞいていたキャストの「その毒々しいピンク、ダサくない？」という一言だった。Ｗｅｂの専門学校を卒業していることもあり、僕は技術こそあるのだが、どうにもセンスが悪い。他のお店のホームページを参考にそれっぽく作ったせいで、特徴のない、どこにでも転がっているようなデリヘルサイトになってしまっていた。それが彼女の「ああしてみて、こうしてみて」に従っているうちに見る見るおしゃれになるのだから、センスというのは残酷だ。

将来に不安を抱いていたその子が、これをきっかけにＷｅｂデザインに興味を持ち、スクールに通い始めたと聞いた時はうれしかった。その子も、最近無事に業界を卒業した一人だ。

そのことをリコさんに言いかけ、しかし続いた「でもさ、高級ホテルみたいなデザインなのに、プランの価格帯はリーズナブルだから、狙ってる層がどこだかわかんない。新規さん他に流れちゃうよ」と辛辣ながらももっともな意見に、閉口してしまう。

「新人さん、ちゃんと本指名取れてる？」

「そこなんですよねえ……売上が落ちてる原因、たぶん講習が不十分なせいかと」

「講習、夏希がやってるの？」

「実技は外部の方にお願いしてます。僕からは口頭で仕事の流れとかマナーとか、ルールを説明するだけで」

入店後、いきなりお客さんと二人きりになってしまうデリヘルでは、接客中に困ったことがあってもまわりに助けてくれるスタッフはいない。クレーム対策として事前に接客の流れを学ぶことは重要だが、女の子本人の身を守るためにも、性病のリスクを最小限に抑える素股のやり方や、負担が少なく済むプレイの仕方、強引なプレイを強要された時の断り方などを学んでおく必要がある。

「外部って、入店した時一度だけ？」

「そうです、最初だけ。少し前までは長く勤めてくれたキャストさんにお願いして、定期的に講習の機会を設けてたんですけど……さっき言ったようにみんな卒業してしまって、今は経験の浅い子がほとんどなので」

以前は本指名が返らず思うように稼げない子に対して、「こうやって服脱がしてあげると喜ぶよー」とか「キスするときはこの目線がいいよー」とか、お悩み相談会のような雰囲気で、ベテランキャストが頻繁に講師を買って出てくれていた。

けれど今は以前ほど充実した講習ができていない。講習の質と回数によって、本指名が返る率も大きく変わる。最近の売上が振るわないのは、この講習がうまくまわっていないのが原因だと僕も自覚していた。

「やってあげようか？　講師」

「えっ」

「いいんですか？」と思わず声をあげると、リコさんはニヤリと微笑み、「いいよ。でも高いよ」とたこ焼きを頬張った。それは願ってもない提案だ。リコさんほどの人気嬢から接客術を学べれば、店全体のサービスレベルが底上げされるだろう。

「実はわたし、少しずつそっちにシフトしてるんだよねー」

「それって、引退を考えてるってことですか？」

リコさんはその質問には答えず、「女の子の接客レベルあげて、思い切って単価あげてみちゃえば？　そしたらさ、高級ホテルのデザインに合う店になるよ」といたずらっぽく笑った。それ以上リコさんの事情に踏み込んではいけないような気がして「兆し(きざ)が見えました」とお礼を言うにとどめる。

引退。確かにリコさんの年齢を考えたらあり得る話だ。YouTubeでどれだけ収益があるかはわからないが、再生回数は調子いいみたいだし、全盛期の稼ぎには届かないにせよ、暮らすだけなら申し分ない収入になりそうだ——けれど。ここ最近リコさんはYouTubeを更新していなかったはず。

もんもんと考え込んでいると、リコさんがふふっと笑った。

「なに笑ってるんですか」

「いやいや、夏希もそんなこと、悩むようになったんだなって。バイブとローターしょっちゅう入れ間違ってた小僧とは思えないよ」

「だからそういうのは忘れてくださいよ……」

恥ずかしくなってすっかり冷めてしまったラーメンをすする。けれどリコさんはじっとこちらを見つめたまま、目を逸らさない。値踏みをされるような、居心地の悪い視線だ。たまらず「なんですか?」と視線の理由を尋ねる前に、リコさんはなにやらスマホをいじり出した。

「ねえ、この n-aizw って夏希の iPhone?」

「え? あー……と、そうですね。仕事用の方」

「ラーメンおいしい?」

「想像通りの味です」

「今、AirDrop 送った」

宣言と同時に、胸ポケットがブッと短く振動した。「チャーシュー食べたい」と前のめりになって言うリコさんに、「冷めてますけど」とどんぶりごと渡してスマホを確認する。送られてきたのは、Tiwtter アカウントのようだった。

「壁打ち垢ですか?」

「うん。公園の女子トイレに落書きされてたやつ」

チャーシューと言いつつしっかり麺をすすりながら、リコさんは「気になってたんでしょ」と上目遣いで言った。「ああ、さっきの」と頷き、スクロールする。どうやら二年前の更新が最後のようだ。

遡ると、本強された死ねとか、顔にキスされてサイアクとか、一方的に愚痴が投稿されていた。誰のこともフォローせず、誰とも交流せず、ひたすらひとりごとをつぶやくだけのアカウント。壁打ち用のアカウントは普通フォロワーがつかないものだが、この子は千人以上もいた。

「この子、夜職ですか」

「ぽいよね」と、レンゲについたネギを箸でつつきながらリコさんが言う。

「さっきは教えたくなさそうだったのに、どうして？」

「タイミングを見てたのよ、よきタイミングを」

とても今がベストタイミングだとは思えなかったが、ひとまず頷いておく。

「壁打ち用のアカウントってさ、トイレの壁に落書きするのと、ちょっと似てない？」

「似て……あー、似てるのかな。言いたいことは、わかる気がします」

リコさんは、「わかってくれると思った」とうれしそうに笑った。

匿名でなければ吐き出せない本音がある。でも誰にも知られたくない。でも誰かに聞いて欲しい。でも、理解したふりはしてほしくない。壁打ちと強がりながら、諦めたふりをして、返ってくるなにかを期待している。それは確かに、公衆トイレに落書きをすることと、通じるものがあるのかもしれない。

アカウントの開設は七年ほど前だが、更新頻度は少なかった。過去のツイートを遡っていく。ちょうどすべてを読み終わったあたりで、真面目な顔つきになったリコさんが「ごめん夏希」とぽつりと言った。深刻そうな雰囲気に思わず「なんですか」と身構える。

「ラーメンほとんど食べちゃった」

「え？　うわっ、マジじゃないですか、もー」

「想像通りの味でした」

わざとらしく真面目ぶって頭を下げるリコさんに、「まあいいですよ」と言って、僕の分として律儀に残してくれたらしい二粒のたこ焼きを頬張る。「そろそろ行きましょうか」と促すと、「かまぼこ十個くらい買おう」と彼女は頷いた。

「あ、そうかかまぼこ……トイレとか、大丈夫ですか？　アレだったら僕買っとくので、先に車戻っててもいいですよ。他に欲しい物あります？」

リコさんは、えー、と考えるように虚空を見つめ、やがて「愛とか」とつぶやく。聞き返そうとするより早く、彼女は「やばいー、明日むくむー」と両頬をつまんでもんだ。

少し悩み、「売ってたら、買っておきますよ」と言うと逆に、「なにを？」ときょとんとした目が問い返してきた。

リコさんが目的地に登録した海は、海水浴場ではなく、高台にある飲食店のだだっ広い駐車場だった。土産物屋が併設されているようで、ヘッドライトが照らした先に、何本かのぼり旗が立っている。

駐車場の一番奥に車を停めた。隣には柵があり、柵を越えると真下に海があるのだろう、あちこちで荒々しくぶつかり合う波の音が響いている。

リコさんは車から出なかった。助手席側の窓も開けずシートによりかかったまま、「夏希、なんかおもしろい話してよ」と言う。「出た」と思わず声をあげると、リコさんは怪訝そうに眉をしかめた。

「その無茶ぶり、懐かしいですよ」

「そんなに言ってた？」

「常習犯でしたね」

「えー、自覚なかった、気をつけよ」

エンジンを切り、天井に手をのばしてルームランプをつける。焦れた様子のリコさんが「で、おもしろい話は？」と言った。

「……舌の根乾きました？」

リコさんはあははっ、と笑った。僕は昔から、リコさんが笑うと安心した。

リコさんはいつも、楽しそうに笑う。喜んでいても、怒っていても、たぶん、悲しんでいても。昔は本音を隠すのがうまいのだと思っていた。今は、さらけ出すのが下手なだけなのかもしれない、と思う。

「僕はリコさんの話が聞きたいですよ」

「つまんないよ、わたしの話なんて」

「僕の話がおもしろかったことあります？」

「ないね」

「いや、ないってことはないと思うんですけど……」

不満を漏らすと、リコさんはふっ、と笑って身を起こし、窓を下ろした。窓枠に組んだ腕をのせ、ぼんやりと暗い海を眺める。潮の香りが流れ込み、湿った風がふわふわと彼女の髪をゆらした。

「話したいことはあるはずなんだけど、いざ話そうと思うといつも、どう話していいかわかんなくなっちゃうんだけど……」

「本強された死ね、とかでいいですよ」

そう、なんの気なしに言うと、リコさんはこちらが驚くような勢いで振り返った。

「……やっぱ、バレた？」

「トイレのアカウントがリコさんのって？」

「その呼び方なんかやだけど、そう」

「いや、バレたっていうか、もしかしてそうなのかな、ってくらいでしたけど」

「幻滅した？」

「幻滅？　なんでですか、しないですよ、そんなの」

言葉だけでなく手を振って身振りでも伝えようとするが、「えー、いやでもさ」とリコさんは不安そうに目を伏せた。

「あの時だったら幻滅したじゃん、夏希、きっと」

「あ、あの時？　て、どの時……」

「だから……夏希って昔、わたしのこと、なんていうか、憧れてたじゃん？　いや、ちょっと違うか、えーとだから……そう、わたしってたぶん、夏希にとって、理想の風俗嬢だったじゃん？」

えっ、と思わず声をあげた。そうだろうか。いや、そうかもしれない。確かに僕は昔、やりがいを持って楽しそうに働くリコさんに救われていた。接客したくないと車の中でぽろぽろ泣いてしまった子や、指名が取れないことに焦ってヒステリックに物を投げる子、精神を病んだのか、いつもニコニコしているが感情を捨ててしまったような子。様々存在するキャストの中で、選んでこの仕事をしているリコさんの存在は、当時の僕にとってある種の希望で、自分の見たい像を、彼女に重ねていたのかもしれない。

あの頃の僕はまだ、風俗嬢には二種類しかいないのだと思っていた。誇りを持って常に楽しんで仕事をしている人と、常につらい思いをしながら事情があって無理やり働かされている人。けれど実際には、もう無理だと思う日も、もう少し頑張ってみるかと思う日も、同じひとりの中にあって、その相反する思いが、日々行ったり来たりしていることをわかっていなかったのだ。

「すみません、僕そんなつもり……いや、確かに当時、リコさんの働く姿に元気もらってたのは本当なんですけど、もしそれで本音が言いにくかったとかなら、その」

待って待って、とリコさんが慌てたように遮る。

「いや、違うの。わたしも気持ち良かったの、夏希にそう思われてるの。そう思われてる自分が嫌いじゃなかったし、むしろ、夏希といる時の自分が一番好きだったたっていうのまである。なんか……生き生きしてたよね、わたし、余裕あって堂々ともしてて」

そう言って、恥じらうように笑う。彼女は過去形で言うけれど、今のリコさんだって、僕には変わらず魅力的に見える。もしかして彼女は今夜、当時の僕を通して見る自分に会いたかったのだろうか。そして……会えなかったのだろうか。

「でも当時も普通に、嫌なことがあったり、一人になったりすると気分も滅入っちゃって。そういう時にTwitterに愚痴いっぱい書いて、それでも働くわたし偉いって。誰かに言ってもらわないと不安だから、自分で自分に言ってた感じで。で、そのひとりごとをみんなが聞きたがったのか、気がついたらフォロワーがちまちま増えてたって、それだけで」

リコさんが海に向き直って言う。「それだけだったんだけど……」と、頼りない声が、風に押し返されて鮮明に届く。

最初のうちは、些細な愚痴だったそうだ。ところがある日、それまで聞き流していた「セックスワーカーは不当に搾取されている」といった論争に、どうしても消化できない気持ちがあったのだという。

「なんか、わたしたちには、性以外に価値がないと思われてるみたいな書かれ方が、ちょっとむなしかったっていうか。性を消費されるとか、搾取されるとか、なんだそれ、って、感じで」

つい放った一言が共感と反発を得て、たくさん拡散されたらしい。要はバズった。その後、気まぐれに関連記事を拾ってはコメントしてるうちに、一通のダイレクトメッセージが届いた。

「まさか、カントクさんに凸(とつ)られたのって壁打ち垢の方ですか?」

てっきり、連絡を受けたのはリコさんが名前を出し、メインで使っている本アカウントの方だと持っていた。交流したくないからわざわざ壁打ちと名乗っているのに、そこへダイレクトメッセージを送るなんて、よっぽどの思いがあったのだろう。僕の質問の意図を汲んだリコさんは、「勇者だよね」と頷いた。

「『奪われてるんじゃなくて、与えてるんですね』って言ってくれたの」

その時のことを思い出したのか、リコさんは懐かし気に微笑んだ。

「ああ、そんな風に言ってくれるんだーって、すごくうれしかった。しかも、風俗で遊んだことないような一般の人で、なんか……届いた！　って思っちゃって」

「届いた？」

「うーん、だから、なんていうの、『わかってくれる人、いた！』っていうか……わたし、社会からはずっと、隠れなきゃいけないと思ってたから。『働く人の境遇とか立場とか見る目が少しでもいい方向に向かうといいですよね』って、業界以外の人が言ってくれたのが、うれしかったっていうか。ごめん、伝わってる？　これ」

「ええ、なんとなく、わかります」

なんとなく、わかる。僕も昔、若菜が僕の仕事を知ってもなお、つきあいたいと言ってくれた時はうれしかった。風俗とは関係のない彼女が仕事を受け入れてくれたことで、大げさに言えば、世間から認められた気がした。

「でー、まあ、あとはさっきちょっと話した通りで。調子のって YouTube とか始めちゃって」

はじめは乗り気じゃなかった YouTube も、そのカントクの熱意にあてられて、興味が湧いたという。業界のことを知りたい。偏見や差別をなくしたい。風俗嬢のみんなが働きやすくなったらうれしい。胸を張って生きてほしい。リコさんの言葉ならきっとそれができる——彼の話を聞いているうちに、諦めていた世間とのギャップみたいなものを、埋めることができるんじゃないかと思ったそうだ。

「カントクはポジティブな発信したいって言ってたけど、でもわたしはどっちかっていうと、逆だったんだよね」

「それは、ネガティブなことを、ってことですか？」

「うーん、というより、盛りたくないっていうか……楽して稼げるって軽い気持ちで入店して、抜け出せなくなった子いっぱい見てきたから、いやいや意外とそんな稼げないよって。まあとは、新規増えたらうれしいな、とか。そんな打算があったかもしれなくもない」

　実際やってみると、恐れていたほどコメント欄は荒れなかったという。「リコさんを見ると前向きな気持ちになれる」とか、「おすすめのおもちゃの企画もやって欲しい」とか「業界のことはわからないけど、応援してます」とか、基本は好意的で、やってよかったと思うことの方が多かったらしい。

「でも、二か月くらい前かな。カントクに、もう手伝えないって言われちゃって」

　リコさんは相変わらず海を眺めたまま、「結婚するんだって」と続ける。それからまた少し黙って、細く長い息をゆっくりと吐いた。なかなか先を続けないリコさんを根気よく待つつもりだったが、その後ろ姿があまりに悲愴感漂うものだから、「結婚……まあ結婚……すると、忙しそうですもんね、なにかと」とよくわからないフォローを入れてしまう。するとリコさんはがばっとこちらを振り返り、「と、思うじゃん！」と叫んだ。

「ていうか、そう言っときゃいいじゃん。なのに、変にバカ正直っていうか、誠実っていうかさー！」

　はああ、と魂ごと吐き出すような深いため息をついて、リコさんはまた海に向き直った。

「風俗嬢の手伝いしてるって言ったら、婚約者がイヤがるかもしれないからって。まとめると、そういうこと」

「ああ、きつい……」

「でしょー？　わかるよ、わかるけどさ言いたいことは。でもさ、偏見とか差別とかなくしたいんだーって、あなたおっしゃってませんでしたっけ？　っていう」

　皮肉すぎるわ！　とリコさんは窓枠で組んだ腕に顔をうずめた。

「後任は当てがあるって。誰が撮っても編集しても一緒だから安心してって。でも、そういうことじゃなくない？　そういうことじゃ、ないじゃん」

　あんたがはじめたことじゃん。あんたとわたしで、はじめたことじゃん。と、くぐもった声が言う。

　その様子に、やっぱり好きだったんだろうなぁ、と思った。予感はあった。最後に更新された動画で、『好きな人はいる？』という質問に、『好きなのはあなたですよ！』と、冗談にのせて笑ったリコさんを見た時から。

　そもそもリコさんのチャンネルはキャスト向けのコンテンツだ。画面の先にいるほとんどが女性で、「好きなのはあなただ」なんて、サービス精神というには無理がある。質問者だって、本当に聞きたかったのはリコさんが誰を好きかではなく、恋愛相談をしたかったのではないか。

　けれど、カントクの編集ではその場面はカットされなかった。彼がリコさんの気持ちに気づいたかどうかはわからないが、二人で撮影する最後の動画で、自分の想いを伝えたリコさんを思うと、そして完成した動画を見たリコさんを思うと、やるせない。

「言っちゃえばさー。カントクだって結局、わたしたちのこと見下してたんだよ。助けないといけない弱い立場の人だって。わたしたちがこの仕事をしてるのは、社会のせいなんだって。で、そんなかわいそうなわたしたちの役に立ちたいって。ただの超絶いいやつありがとうご立派すぎて涙がでるわ！」

後半を一息で言い切ったリコさんは、顔を伏せたまま「ビール！」とこちらに手を伸ばしてきた。あわててコンビニで買った缶ビールを渡す。これほどまでに暴言を吐くリコさんを見るのは初めてだが、あっという間に一本を飲み切り、ぐしゃっと片手で缶をつぶして「あー」と天を仰ぐ姿には、どこか懐かしさを感じた。

「ごめん、嘘」

「え？」

「今の、やっぱり、言い過ぎた。カントクが風俗のこと見下してたわけじゃないって、わかってる。かけてくれた言葉も嘘じゃないって、わかってる。本当はちゃんと、わかってる。大事なものができちゃっただけだって、わかってるんだけど」

リコさんは自分に言い聞かせるように何度も「わかってる」と繰り返した。けれど僕にはそれが、「信じたい」と言っているように聞こえる。

「でも……風俗のこと知って欲しいって、それでわたしはYouTubeを始めたでしょ。少しでも働く環境とか、周りの見る目が、いい方向に向かって欲しくて。カントクが一番、そのことをわかってくれてると思ってたのに、でも、離れていっちゃったから。一番身近だった人にも伝わらなかったのに……わたしのやってることって、なんか意味あるのかな、とか。なんで続けるんだっけな、とか」

思っちゃうわけですよ、とリコさんため息をつく。彼女が口をつぐむと、波の音だけがそこに残った。彼女は動画配信をやめてしまうかもしれない。もしかしたら、風俗も。

「やっぱ、ひとりごとを聞いてもらうには、夏希が適任だね」

「気の利いた言葉が……見つからないだけです」

リコさんは様子を窺うようにこちらに目を向け、「夏希にそんなの、求めてないよ」と笑った。誰かに聞いてもらったってどうにもならないんだと、そう諦めているような横顔だ。「きっと伝わってますよ」と、そんな気休めを言いそうになる口を左手で押さえる。ふと昔、「誰かの役に立ってるって実感がないと、やりがいなんて生まれないからさー」と言った、彼女の言葉が浮かんだ。

「ねえ、明かり消してよ」

リコさんはそう言い残して、握りつぶした空き缶を置いて外に出た。車体に寄りかかったリコさんの髪が、海風にたなびく。言われた通りルームランプを切って外に出ると、あたりは真っ暗になった。

「すごい、なにも見えない。こんなに真っ暗だとさ、世界に自分しかいないんじゃないかって思わない？」

「僕がいますけど」

「そうだった……そうだね、うん、ありがとう」

夜目に慣れたのか、リコさんは道標のない闇をずんずん歩いていく。慌てて追いかけると、立ち止まった彼女は柵に手を置き、身を乗り出すようにして眼下の見えない海を眺めていた。足元の大ぶりの石を蹴る。想像よりも高い場所にいるのか、ずいぶん時間がかかってから、遠くの方で、ぽちゃん、と水がはねる音がした。

「リコさん、そこ危ないんで、もうちょっとこっちに……」

「信じていいと思う?」

「え?」

「わたし、カントクの言葉、信じていいと思う?」

身を乗り出したまま、海の底を見つめてリコさんが言う。なにも返事を求めていないと言ったばかりの彼女が、今は、自分の求めている言葉を、自分ではない誰かの口から聞きたいと言っている。

生ぬるい風に長い髪の毛が煽られ、その横顔は見えない。潮の香りに混じって、シャンプーだろうか、甘い香りがした。その細いシルエットが少し、先生に似ている。そう思った時、

「どうして言われてうれしかったはずの言葉まで全部、信じられなくなっちゃうんでしょうね」

と、無意識に口をついた。

リコさんはなにも反応を示さない。少し迷って、けれど、勢いのまま続けた。

「高校生になったくらいまで、僕、母親のこと、かわいそうな人だと思ってたんですよね。シングルマザーで、生活のために仕方なく風俗で働いてて。当時は風俗のイメージなんて僕も……怒らないで欲しいんですけど、それこそ、不当に搾取されてるって、思ってましたし。風

俗のおかげで性犯罪が抑えられてるって言うのだって、裏を返せば、普通の女性が事件に巻き込まれないために母が……母が代わりにそういう目にあってるんじゃないかって。で、それって、母がそんな仕事に就いてるのって、僕のせいだと、ずっと思ってて」

　リコさんの反応が気になって横を見ると、彼女はいつの間にか、柵の向こうに乗り出していた上半身を元に戻していた。さすがに本気で身を投げ出すとは思っていなかったが、その姿にほっとしている自分もいた。

「まあ、僕のせいではないにしろ、僕のためだったとは、今でもそう思ってるんですけど。他に選択肢があれば、きっと違う職に就いていただろうから。それで……今思うと馬鹿みたいですけど、なんか、僕を産まなかったらもっと母の人生マシだったのかなって、誕生日が来るたびに、真剣に、そう思ってたんですよね」

　柵の上で腕を組み、頬杖をつく。目の前は真っ暗だと思っていたが、遠くを見れば、ぽつぽつと星が瞬(またた)いているのがわかった。

「そんな話を先生に……あ、先生って言うのは、中学の時の先生だったんですけど」

「昔風俗で働いてたっていう人？」

「あ、そうです、その人……え？」

　頷いてから、遅れて気づく。先生のことをリコさんに話したのは、二十歳を迎えた夜、あの一度きりだ。

「よく覚えてますね。めちゃくちゃ酔っぱらってたのに」

「伊達(だて)に何年もランカーやってない、一度した話は忘れないよ」

リコさんは小さく笑って、「それで、その先生が？」と話を促した。あの時言いたがらなかった話をしてくれるんでしょ、と。

「それで、先生と話してるうちに、僕がいてしあわせだと思える瞬間はきっと母にもちゃんとあったんだろうなって、そう思えるようになって。僕は先生の言葉と存在にとても救われて、うれしかったんですけど」

あれは先生の店に通うようになって一年半くらいたった冬の頃だった。二週に一度くらいのペースで訪れていた僕は、店の奥から誰かと話す先生の声が聞こえてきて、思わず足を止めた。来客中に出くわすのは初めてのことで、僕以外にもこの駄菓子屋を訪ねる人がいるのだと、当たり前のことに驚いた。

「おろすなら、一刻も早い方がいい」

聞こえてきた先生のかたい声に、帰りかけた足が止まった。

シングルマザー。風俗嬢の子どもは。生まれない方が。

断片的に聞こえてくる言葉をつなぎ合わせると、おぼろげにその会話の輪郭が理解できた。今すぐその場を去りたいのに足は動かず、そうしているうちに、勢いよく誰かが目の前を横切った。その後ろ姿を確認する前に、追って出てきた先生と目が合った。

僕の存在に気づいた先生は驚いたように目を見開いた。もともと色素の薄い肌が、見るからに青ざめていく。ようやく呟いた「……ごめんなさい」は、僕が待っていたものではなかった。

「なんか、自分の存在を丸ごと否定されたような……裏切られたような気になっちゃったんですよね。きっと母も僕を産んでしあわせだったたって、そんなようなことを僕には言ってくれたのに、これから子どもを産もうとしてる風俗の子には、大変な思いをするから産むなって、そんなこと、言うのかー……って。じゃあどんなつもりで僕に言ったんだって。言われてうれしかったことまで全部、あれもこれも嘘だったんだって、その時は、思っちゃったんですよね」

幼さのせいか、それとも風俗という言葉が過敏に反応させているのかはわからない。けれどとにかくあの時の僕は、誰の心にも当たり前にある矛盾を、受け入れることができなかった。

「どちらも先生の本心だったと、今なら、わかります」

僕のことを思って言ってくれたのも、訪ねてきた女性を思って言ったのも。どちらも先生の本心で、やさしさだったのだと今ならわかる。今なら、自分の中にある矛盾と罪悪感で潰されそうになっていた先生に、かけられる言葉があるのに。

リコさんがなにかを言おうとして、飲み込んだ気配が伝わってきた。頬杖をついていた左腕を倒してよりかかり、傾けるようにしてリコさんを見る。暗がりで合った彼女の目は、期待と不安がないまぜになっているように見えた。けれど残念ながら、「だからカントクもきっとそうであろう」と、「すべて本心だから信じていい」と、そこまでは僕には言えない。

ただ、カントクからダイレクトメッセージが送られてきたのが裏アカウントの方だと知った時、思ったことがある。

カントクは本当に、リコさんの発言に感動したからメッセージを送ったのだろうか?

リコさんの本アカウントに対してそれを送るのならわかる。彼女の発言は前向きで、無理矢理働かされているという、およそ一般の人がイメージするような後ろ暗さがない。投稿内容もユーモアにあふれているし、彼女なら動画の再生回数がまわるかもしれないと、打算が働くのも頷ける。

けれど裏アカウントの発言は後ろ向きで、とても魅力的だとは思えない。職業に貴賤はあるのかもしれない。排除しようとしないで。見えないところに押しやろうとしないで――表立って発言すれば批判されるとわかっているそれらの言葉は、愚痴と言うよりも悲鳴に聞こえた。

カントクはたまたま目にしたそれらの危うい発言を、SOSとして受け取ったのではないか。力になりたい、どうにかしたいと、その想いでメッセージを送ったのではないだろうか。打算のないそのまっすぐすぎる善意は見ようによっては偽善的で、一歩間違えばあまりに残酷だけど、リコさんがうれしいと感じたのは事実なのだろう。だとしたら、それを信じたいと思う気持ちを、信じて欲しいと思う。

お客さんがありのままの姿を見せてくれるのがうれしいと言った彼女もまた、ありのままの自分を受け止めてくれる誰かの存在を求めていたのだから。

しばらく考え込んでいると、不意にリコさんが「その後、先生とは？」と聞いてきた。

「え？　ああ、それから一度も、会えていないです。何年か経って、気持ちの整理がついてから訪ねたんですけど、その時にはもうアパートは取り壊されて、コンビニになってました」

「もしその人にまた会えたら、言いたいこと、ある？」

「言いたいことですか？　うーん、なんだろう……、会えてよかった、って、言うかな」

「再会できてよかったってこと？　それとも、出会えてよかった？」

「どっちもです」

応えると、リコさんは「そっか」と言って柵を両手でつかみ、伸びをするように体を後ろに倒した。真上の夜空を見上げ、「そうだよねえ」とつぶやく。

それから身を起こしたリコさんは、「夏希。ありがとね、これ」とポケットの中から一枚のメモ帳を取り出した。たくさん折り目がついてくしゃくしゃになった紙の中心には、僕の電話番号が書かれている。

「六年前、わたしが店長とケンカして店移る時に折ってくれたやつ。困ったことがあったら連絡してって」

「まだ持っててくれたんですか」

うれしかったからね、と、消え入りそうな声でリコさんが言った。

「こんな夜中に電話出てくれて、ありがとね」

リコさんの指からしわくちゃのメモを抜き取り、「もう一回、折ります」と言う。

「どうして折り鶴だったの？　連絡先渡すだけなら、折らなくてもいいじゃん」

「うーん……上書きしたいのかもしれません」

「なにを？」

「昔、折り鶴の中身にショックを受けたことがあったので、トラウマなんですよ」

祈るように握った母の手の中にはいつも、一羽の折り鶴があった。その正体が気になって折り鶴を開いたのは、僕が中学生になったばかりの頃だ。

書かれていたのは意味をなさない英数字の羅列。そのＵＲＬは怪しげな掲示板につながり、そこでは、臓器の取引がされていた。母がお金に困った時、風俗を辞めたいと思った時、相談できる誰かがいたら、あんな不吉なＵＲＬに未来を祈ることなんてなかったはずなのだ。

「なにかに追い詰められて折り鶴を開くとき、そこにあるのが希望だったらって、いつも、そう思ってます」

リコさんはなにも言わなかった。ただじっと、僕の手元のメモ帳を見つめている。

紙のしわをのばし、ひとつずつ、丁寧に折り目をつけ直す。まっさらな紙のようには、うまくいかない。ふと、みんな、しわだらけの人生を送っているのかもなあと思った。妥協して、譲りあって、納得したふりをして、なにかにしがみついたり、手放したりしながら、たくさんの折り合いをつけて、なんとなく、生きている。

最後に折り鶴の両翼を広げ、遠くの夜空を眺めるリコさんに渡す。彼女はふわっと笑って、「愛的なやつだ」と言った。

「夏希はさ……仕事、辞めないの？」

「どうかな」

正直、辞める理由と辞めない理由をそれぞれ書き出せと言われたら、辞める理由の方が多くなるのだと思う。トラブルは相変わらず多い。週一日休みの待遇も、良いとは言えない。世間との折り合いをつけるのがつらい——けれど、先に思いついて書くのは、辞めない理由なのだろうとも、思う。

「辞めないと思います、しばらくは、まだ」

「どうして？」

「やっててよかったって思う瞬間があるからですかね」

「どういう時にそう思うの？」

「そうですね……今とか」

「いま?」

「今、こうしてリコさんとお酒を飲んでるのは楽しいです、と、言っています」

一瞬、きょとんとしたリコさんは、しばらく記憶を辿るように目を細め、やがて、「仕事って言うな」と、笑い返してくれた。

「そっか……そんなことでいいのか」

しばらく折り鶴をじっと見つめた後、リコさんは雲がかかってぼんやりとかすんだ月にかざした。まばらな雲が月の輪郭をぼかし、無数に散らばっているはずの星を隠す。それは、月や星が、自ら隠れようとしているようにも見える。

「リコさんは、カントクさんに会えたら、言いたいことありますか?」

「そうだねえ……会えてよかった、って、言うかな、わたしも」

静かに言ったリコさんの口元には、笑みが浮かんでいた。

何重にも重なった厚い雲の切れ間から、満月が深い海の闇を照らす。月明りを受けた波がゆらゆらと揺れ、光の筋がこちらにのびてきているようだった。

どうかそのまま、隠さないでくれ、と思った。隠れないでくれ、とも、思った。しかし僕の思いなど知る由もなく、抗えない大きな流れに月が飲み込まれる。

輪郭をぼかし、それでも諦めきれないなにかが、ここにいると光を放っている。

初出

「今はまだ言えない」　「小説新潮」二〇一九年五月号
（第18回「女による女のためのR－18文学賞」友近賞受賞作）

「雪解け」　「小説新潮」二〇一九年十一月号

「天井のボール」　「小説新潮」二〇二〇年六月号

「ひかり」　「yom yom」二〇二〇年十二月号
（「ほたるのひかりを抱きよせて」改題）

「折り鶴を開くとき」　書下ろし

なお単行本化にあたり、加筆・修正を施しています。

千加野あい（ちかの・あい）

千葉県生まれ千葉県育ち。
2019年、第18回「女による女のためのＲ－18文学賞」友近賞を受賞。

どうしようもなくさみしい夜に

著者／千加野あい

発行／2023年５月15日

発行者／佐藤隆信
発行所／株式会社新潮社
〒162-8711 東京都新宿区矢来町71
電話・編集部 03(3266)5411・読者係 03(3266)5111
https://www.shinchosha.co.jp

装幀／新潮社装幀室
印刷所／錦明印刷株式会社
製本所／加藤製本株式会社

ISBN 978-4-10-355061-7 C0093
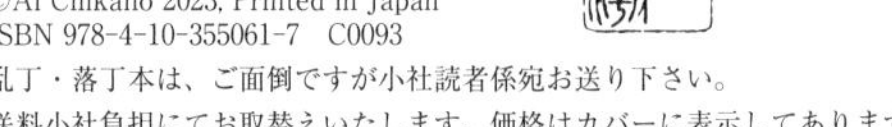